残念ながら俺は嘘つきだよ

二本松海奈
NIHONMATSU UMINA

幻冬舎 MC

残念ながら俺は嘘つきだよ

装画　黒糖

目次

残念ながら俺は嘘つきだよ

晴天なのに、乱気流だった。

いや、乱気流と呼ぶには地味な揺れであったが、それでもこの男の罪の意識を震え上がらせるには十分な飛行機の揺れであった。

「揺れても安全に支障はございません」

緊迫感のないように振る舞う機長の声は、多くの乗客を安堵させたが、この男だけは嘘だと疑っていた。しかし、そんな男の予想に反してＪＡＬ４５３便は、徳島阿波おどり空港に無事に着陸した。

「変な名前の空港だな」

吐き捨てるようにつぶやき、空港に震える足で降り立った男の顔には、生気がなかった。

男の名は、高梨隆一《たかなしりゅういち》。40歳の独身の外科医である。出身は東京都で、徳島に来る機会はほぼない。しかし、彼は今、無理に休みを取ってまで、朝一番の便で徳島に来ていた。

「ようもんてきたなあ。揺れたんちゃうん」

高梨の傍を、別の搭乗客を迎えに来た家族の阿波弁が通り過ぎる。

「相変わらず変な言葉だ」

高梨はつい口に出してしまい、驚いて振り向く人々の刺すような視線を感じると、さすがにまずいと思ったのか、足早にロビーを横切り、空港前で待機中のタクシーに乗り込んだ。

「眉山《びざん》の近くの、東新町《ひがししんまち》商店街入り口まで」

高梨はぶっきらぼうに行き先を告げたが、恵比須顔の綺麗な白髪のタクシー運転手は、嬉々として話しかけてきた。

「お客さん、東京から来たんですか。新町やったら、駅前行くバスに乗って行く人も多いのに、乗ってくれてほんまに嬉しいです」

運転手は、どこまでが阿波弁か共通語か分からない口調でどんどん話しかける。

高梨は生返事で適当に応じていたが、一つの話に急に飛びついた。

「うちには息子がいまして、城東高校っていう高校に通っとったんですよ。今年で37歳やけん、もう20年近く前ですけどねえ」

「ひょっとして、同級生に池添麻里那《いけぞえまりな》っていませんでしたか？　ほら、色の白い、茶色い髪と瞳の、東京の医学部に進学した……」

一気にまくしたててから、高梨は冷静さを欠いた自分が恥ずかしくなり、うつむいてすでに締めているシートベルトをガチャガチャといじった。

「ああ、うちの息子のクラスメイトにいましたねえ。うちの息子が、いっつも池添さんには模試の成績で負けるって悔しがっとったけん、いまだに覚えてます」

運転手は高梨の狼狽を気に留めず、颯爽と市民病院前を通過した。

「ここのフランス料理のレストランは、東京からわざわざ食べに来る人もおるって聞きましたよ。人形の家って言うんです」

市民病院を過ぎてすぐ、蔦が見事に絡まった建物が現れた。まるで、そこだけが切り取られて貼り付けられた、異国のようであった。

「ええ、そう聞いたことがあります」

高梨は、心の中で「池添麻里那から」と付け加えた。麻里那は、一度でいいからここで男性と食事してみたい、と言っていた。その時、高梨は、「一人で食いに行けばいいじゃん」と答えたはずだ。麻里那は、「一緒に行こう」と言いたかったのではないか。分かっていて、高梨はこれをいなした。麻里那は、「でも素敵な店は一人で行くともったいないです」と苦笑していた。

「お客さん、池添さんを知っとんですか？」

不意に、運転手の話が人形の家から池添麻里那に戻った。高梨は、声楽家のようだと噂される自慢の低音の声を不器用に裏返し、

「あ、ああ、後輩なんです。病院の」

と、変に甲高い声でしゃべった。目も泳ぎ、ミラー越しに運転手に顔を見られたくないあまり、またも不自然にシートベルトを音を立てていじった。

「ほお、お客さんも医者なんやね。うちの息子も医者にしたかったけど、池添さんほど勉強できんけん言うて、早々に諦めてしもて」

運転手は、麻里那と高梨の関係を先輩と後輩以上のものかなどと無粋な質問はしてこなかった。しかし、それがかえって見透かされているような気がして、

「息子さんは、池添さんのこと好きだったのでしょうかね。ほら、ご家族にそんなに話題に出しているところをみると」

と、普段の高梨ならしないような下世話な質問をした。体温が上がるのを止められない。

「まさかあ」

運転手は件の城東高校前で、ここがその高校ね、校舎は息子の時代とは建て替わっとるけど、と付け足したような説明をしながら、派手にぐわっと右折した。

「進学クラスのライバルですよ。塾も同じで、異性として全く意識していませんでしたよ」

その答えにほっとするような、異性として見られないという答えに苛立つような、複雑な感情で高梨の呼吸はわずかに乱れた。

高梨と麻里那は、麻里那が研修医時代に病院で出会った。医局で遅くまで残り、仕事がなくても勉強し、よく新人医師である高梨に質問してきた。色素が薄い茶色の瞳に見つめられると、高梨は壊れそうなガラスを見せつけられているようで、直視できなかった。

麻里那は、最初は他の研修医より優秀とは思えなかったが、地道な努力が実を結んでいったのか、徐々に頭角を現し、一人前の医師になる頃には、「百年に一人の逸材」と言われるまでになった。麻里那は、「今の私があるのは隆一さんのおかげです」とよく言っていたが、高梨は、そんな麻里那を育てたという自負と共に、追い抜かれたくないという嫌な競争心も持ったものだ。

「池添さんは、見た目はあんまり徳島におらんようなタイプの美人やけど、高校時代は勉強一筋で、浮いた噂はなかったねえ」

運転手は、城跡の入り口の「鷲の門」の横を通り過ぎる時にぽつんと言った。

知っている、と喉までせり出した言葉を高梨は飲み込んだ。麻里那はハーフと間違われるような白い肌と茶色い瞳だったので、その派手な顔立ちは目立っていたが、酒があまり強くなく、男と飲みに行ったり、合コンに行くような女性ではなかった。そんな彼女を、高梨は騙した。いや、騙したというより、熱したり冷めたりしながら彼女を手放さなかったのだが、結婚する気は最初から最後までなかった。

外面のいい高梨は女性に受けがいい。しかし、高梨は女性に決して心を許さない男だ。

いつも新しい女性を探していた。どこかで自分を変えてくれないかと期待し、どこかで女ごときで俺を変えられるかよ、と鼻で嗤《わら》っていた。

「医術は裏切らない、だが女は裏切る」

仲間内で集まると、高梨は決まってこう言った。それが友人の結婚式でもだ。高梨は医師として貪欲に経験を積み、国内外の学会に出席し、留学もして、ひたすら医術を極めようとした。患者を救いたいという清廉な思いからではない。ひたすら、自分がどこまでも成長したかったのだ。そうすると、地位も富もおのずと付いて来る。そんな彼にとって、結婚は成長の足枷としか思えなかった。

高梨は、自分に言い寄る女性は全て軽蔑していた。外科医という肩書しか見ていないと思い込んでいたからだ。気に入った女性がいれば、外科医という肩書と結婚をちらつかせる。別れたくなれば、「誰とも結婚する気はない」とさえ言えば、女性は自然に離れていく。恋愛の主導権は常に高梨が握っており、2か月程度の期間で女性と別れてきた。ただ一人、池添麻里那を除いて。

「池添さん、そういえば新町のジュリア鞄店の末っ子さんやったね。これから行く東新町商店街の真ん中辺にあるけんど、今は若いしがやいよったたんちゃうかな。池添さんの兄さん」

運転手が徳島中央郵便局を過ぎる辺りで、懐かしく思い出すように遠い目で語った。

「確か、鞄だけではなく、靴も扱ってますよね。主に、神戸から仕入れた革靴を」

高梨は麻里那から聞いていた実家の店の話を思い出した。彼女が研修医時代から付き合い始め、その当初に聞いた話だ。いまだに覚えている自分に驚くとともに、嫌気もさす。

「うちは医者の家系じゃなくて、鞄屋さんなんです。靴も売ってます。商店街の真ん中で、祖父が始めた店です。いつも店番の父の邪魔をしては、向かいのタバコ屋に行っておいでと言われ、そこのおばあちゃんと長話をして、ブルーベリーガムを買って帰っていたんですよ。あの頃、新町は活気がありました。中学生になってからは、一人で商店街の中の映画館に行きましたよ。アニメ映画ばっかり」

付き合い始めの新鮮さで、故郷を語る麻里那の話を高梨は高揚した気持ちで聞いていた。一緒に横浜中華街に行った時も、麻里那は天津甘栗を見て、東新町商店街の露店で売っていたのと似てる、と笑顔を見せたものだ。

「お客さん、よう知ってますね」

運転手は屈託なく笑う。それほどまで夢中だった麻里那に、高梨はひどいことばかりした。合コンで知り合ったばかりの女性と麻里那が高梨のマンションのエントランスで鉢合わせしたこともあった。留学に行くことを告げず、留学先からメールで簡単に「今アメリカ。2年は戻らない」と告げただけのこともあった。麻里那はその都度、不眠症になったりげっそり痩せたりしたが、それでも高梨から離れようとしなかった。そして、そんな日々が12年続いた。麻里那は外科医として名を馳せていったが、それは仕事に打ち込める独身であったからだ。高梨に繋ぎ留められながら。

「たぬきがいますね」

高梨は、東新町商店街の前の古ぼけた茶色の三体のたぬきの像に気付いた。

「たぬき合戦が有名でね。秋には狸まつりもあるんですよ。たぬきは人を化かすけど、化かし方はかわいいもんです。どっかの誰かが池添さんにつく、嘘と違ってね。あんた、残念ながら嘘つきなんでしょ」

どういう意味ですか、と問う高梨を残して、タクシーは軽やかに秋田町方面に走り去った。

高梨はタクシーが走り去ったあとも、その方向を呆然と見つめ、しばらく動けなかった。

「どうしてタクシー運転手が知ってるんだよ」

そうつぶやく高梨は、わずかに震えていた。

高梨は別の女性との同時進行の交際がばれた際、麻里那に確かに言ったのだ。

「残念ながら、俺は嘘つきだよ」と。

よろよろと高梨は歩き出した。さっきまで軽かった靴が急に重くなった気がしていた。

商店街の入り口で、高梨は何気なく宝石店のショーケースを覗き込み、目が釘付けになった。嫌な汗が大量に湧き上がってくる。

「なんでここにあるんだよ！」

高梨はつい、苛立ちと恐怖の混じった大声を出した。

そこに目立つように飾られていたのは、ペリドットが中央にあしらわれたゴールドのピンキーリングであった。ペリドットの周りはプラチナで囲まれ、その近くに金で百合の花の形の細工が施されている、珍しいデザインだ。

高梨がアメリカ留学から帰ってきた際、麻里那が「会いたかった」と泣くので、いじらしくなって高梨は気まぐれに麻布十番商店街で指輪を麻里那に買った。女性にプレゼントはあまりしない主義の高梨にとっては、本当に魔が差したような気まぐれなプレゼントであった。ピンキーリングを買ったはずが、大きすぎて売れ残っていたものだったので、麻里那の細い小指には大きすぎ、左手の薬指にぴったりはまった。麻里那はサイズ直しをすることなく、仕事中以外は、その指輪を嬉しそうに左手の薬指に輝かせていた。

そのことが医局で噂となり、いよいよ結婚かと冷やかされることに居心地が悪くなった高梨は、指輪をプレゼントしてから3か月目のある日、高梨のマンションに遊びに来た麻里那が指輪を外した隙に、ひそかに窓から投げ捨てた。

麻里那が帰り際に指輪がないことに気付いて、ゴミ箱まで探したのだが、その時、別の女性からの手紙を見つけて、麻里那は、「そういうことなの。だったらもう指輪はいい」

と言って泣きながら帰って行った。仲直りはしたが、その後、高梨は麻里那に二度と指輪を買わなかった。

確かに、窓から投げ捨てた指輪と同じ指輪が東新町商店街で売られている。あれはデザイナーの1点ものだと言っていたのではないか、と高梨は記憶を手繰り、余計に凍り付いた。

「気持ち悪い」

高梨は必死で指輪から目を背けて、逃げるように商店街の中に走り込んでいった。

ジュリア鞄店は派手な看板で、遠目でもすぐに見つかった。商店街はすでに寂れており、多くの店でシャッターが閉まっていた。

「まるで都市封鎖《ロックダウン》だな」

高梨は自分の言葉なのに「都市封鎖《ロックダウン》」という聞きなれない言葉に疑問を持ちつつ、ジュリア鞄店に歩み寄った。

その時だ。高梨は、背後から機関銃で大量に撃ち抜かれたような衝撃を受けた。息が苦しい。足が立っているのか回っているのか分からない。嗚咽が漏れる。

「忌中　1週間ほど休みます」

という貼紙がジュリア鞄店のシャッターに貼られていた。それを見た途端に、奇妙な金属音が悲鳴のように高梨の頭の芯から鳴り響いた。

「麻里那！　俺が殺したのか！」

幽霊になった麻里那が、高梨を見つめている。いるはずのない影を背中に感じ、高梨は振り払いたいような、むしろ纏《まと》わりつかれたいような、矛盾した感情の狭間にいた。


麻里那は子供がいないため、外科医の激務を断る理由もなく、また、休むつもりも本人にはなかった。家庭を持つ優秀な女性医師が外科を次々に辞める中、麻里那はますます仕事に邁進した。高梨は、麻里那と症例について討論しあう二人きりの時間が楽しかった。だが同時に、彼女に家庭を持たせられない罪悪感と闘っていた。また、近い将来、麻里那に外科医として追い越される恐怖も感じていた。そこで彼の出した答えは、麻里那と別れることだった。勝手に結婚して、外科を辞めろと。

ある日、研修医の歓迎会で、高梨はあろうことか麻里那の目の前で若い研修医に、「彼女になってほしい」と告白した。麻里那との仲を知る同僚が止めに入った時、高梨は麻里那に向かってこう言い放った。

「俺、池添と付き合ったことあったっけ」

それで十分だった。麻里那は、どんなに体調が悪くても、高梨と喧嘩をしても、仕事にだけは穴を開けなかった。ところが、その日を境に麻里那は病院から姿を消した。高梨には、「さすがに傷付きました。生きている意味はないと思いました」というメールが届いて以来、音信不通となった。そう、高梨はもしかすると麻里那がひそかに徳島に帰っているのではないかと探しに来たのだった。生きていると信じたくて。

「池添のおじいちゃん、亡くなったんですよ」

隣の店の主人が高梨にそっと声を掛けた。

「ここの娘さんが亡くなったんじゃ……」

高梨は涙で汚れた顔で振り向いた。

「娘さんじゃないですよ。でも、お葬式にはマリちゃん、いなかったなあ。仕事かな」

ありがとう、そう言って高梨は最敬礼して、取り出したハンカチで涙を拭いながら、力強い足取りで眉山へ向かった。麻里那は生きているかもしれない。それだけでまた希望が膨らんだ。

「眉山は、徳島中が見渡せるんですよ。一番好きな場所。辛いことがあると、登るんです」

麻里那は、そう言っていた。眉山に登ると、麻里那がいるかもしれない。いなくとも、麻里那のいる場所が見えるかもしれない。そう思って、高梨は眉山に登った。

「川だらけだ」

高梨は力なく山頂からの景色を見ていた。一級河川である吉野川の分岐が、よく分かる。しかし、眉山をどんなに回っても、麻里那はいなかった。

「そう簡単には会えないか、そうだよな」

高梨は川の流れを見つめながら肩を落としてうなだれ、独りごちた。川は数えきれない分岐をしていて、それぞれが徳島の地を潤しながら、正午の光を集めて走っていた。

だが、小さな川たちが東西南北に走っても、それらはやがて一本の吉野川となり、海に注いでいた。分かれていても、海へ還るという目的のために、いつか一つになる。

高梨はそれを見て、麻里那と自分の道がどんなに分岐しても、いつかまた一つになれる気がした。同じ医師という道を進んでいれば、きっとまた道が交わる。そう思うと、死にかけた体に魂が戻る心持がした。


帰りのロープウェイに乗り込んだ時、頂上に昇ってゆくロープウェイとすれ違い、何気なく中を覗いた高梨は目を疑った。

そこには、今より痩せている、20代の頃の高梨がいた。向かいには、研修医時代によくしていた髪型であるポニーテールの、あの頃の麻里那が座っている。二人して白衣を着て、笑顔で手を握り合っているではないか。

「いつか、一緒に病院を開院できたら嬉しいですね！　隆一さんならいっぱい患者さんが来ますよ！」

「俺ほどの腕の医者なら、大病院にしないと駄目だな。お前もその頃には俺にちょっとでも追いつくように研鑽を積んでおくんだぞ」

そんな会話がはっきりと聞こえてくる。

「何で俺がいるんだよ……麻里那、おい！」

立ち上がってロープウェイを揺さぶると、高梨の頭に何かが落ちてきた。

「うわっ、何だ！」

高梨が慌てて払いのけている間に、昔の高梨と麻里那の乗ったロープウェイは頂上に着いて見えなくなった。高梨の頭に降ってきたのは、ポロシャツやワイシャツ、靴下だった。全て、この12年の間に麻里那からもらった誕生日とバレンタインのプレゼントだ。実用性のあるプレゼントを喜ぶ高梨に、毎年麻里那はデパートでブランド物のそれらを買って来てくれた。それが、12年の月日を地層にするかのように、高梨の足元をぎっしりと埋め尽くしていた。

「お前、こんなにたくさん俺に尽くしたのかよ。こんな、指輪一つも捨てるような男に。馬鹿野郎、俺みたいな嘘つき野郎に騙されやがって、馬鹿野郎、馬鹿野郎……」

高梨がワイシャツの山をかき抱いて泣き声を押し殺していた時、ロープウェイで唐突に歌が流れ始めた。もんてこい、もんてこいという阿波弁の歌詞が繰り返された。「戻ってこい」の意味だと教えてくれたのは、麻里那である。外科医もよく使う言葉だ、あのときに、と思った瞬間、ロープウェイの底が抜けた。ぎゃあ、と叫んだ高梨は、空中で何かを掴んだ。吉野川を目指して落下していくのか、藍染めのような色の空に吸い込まれているのか、上下が分からなくなる中で、その掴んだ小さな物を掌を広げて見てみると、それはペリドットのピンキーリングだった。

「麻里那！　お前に謝れないまま死にたくない！　生きて、一目会って、そして……」

そう叫んだ瞬間、目の前が明るくなった。

「高梨さん、意識戻りました！」

周囲が走り回っていた。病院だ。医師ではなく、患者となっている高梨は、目を覚まして自分の状況を思い出した。麻里那からのメールを受け取った2か月後、世界的に流行していた疫病に高梨も侵され、入院したのだ。すぐに意識を失い、人工呼吸器を装着するほど容態は深刻で、死の淵を何日も彷徨っていた。

「高梨さん、分かりますか？」

尋ねる女性医師は、麻里那ではなかった。

……俺は徳島に行っていなかったのか。全て、麻里那から聞いたことをつなぎ合わせた、夢だったのか……高梨は朦朧とした意識の中でつぶやき続けた。俺は、徳島に行ったなんて嘘を、自分自身についたのだな、と荒い息の中で微笑した。

麻里那から来たメールも、「生きている意味はない」ではなく、「徳島の病院で働きます」だったのか、もっと別のメッセージだったのか、記憶が定かではなくなった。

どっちだ。麻里那は、生きているのか。高梨の呼吸が、再度、乱れ始めた。

「高梨さん、大丈夫ですか！」

女性医師の声がする。その声が少しずつ、遠のいてゆく。

「麻里那は、俺の嘘に気付かない馬鹿ではない。俺の隠した本心を見抜いて、信じられる勇気があったのではないか」

高梨ははっきりと見え始めた麻里那の顔を心で見つめながら、そう思った。そう信じたいんだ、と小さく唇を動かした。いつの間にか、呼び続ける女性医師の声は、麻里那の声に変換されていた。

「讃岐男に阿波女。働き者の讃岐男に、阿波女は情が深いからお似合いだって言ってたな。見栄っ張りで意地っ張りの江戸っ子とだって、阿波女は似合うだろ」

「阿波女は情が深いってだけじゃないんですよ。働き者で芯が強いって意味もあるんです」

「じゃあお前が俺をいつまでも守ってくれ」

「もちろんですよ」

そんなことを言って、二人で笑い合った日が妙に最近のように感じられた。相変わらず苦しい息の中で、高梨の気分だけは不思議と高揚していた。
助かったら、徳島で麻里那と小さな病院を開こう。
そう思い、高梨は大きく一つ深呼吸した。

お菓子の家の魔女

　ヘンゼルとグレーテルは、なぜ魔女に「殺され」そうになったのか。人食い魔女なら、賞味期限があって雨に弱いお菓子の家を作ってまで森の奥で子供を待たなくても、魔法でいくらでも子供を誘拐できたのではないか。お菓子の家は、だってこんなに手間がかかる。

「やだ、結愛《ゆあ》先生っておとぎ話にツッコミ入れるタイプなんですね！」

　どっと華やいだ女性の笑い声が起きた。どこを見渡しても、その場にいるのは全て女性だ。

　女性らの手元には、赤や緑のアイシングがなされたクッキーを壁にした、お菓子の家ができつつある。

「だって、ねえ、大人になってからあの話を聞くと、皆さんそう思いません？」

　顔を赤らめながらお菓子の家の屋根にするチョコレート菓子を手早く取り付けているのは、このお菓子教室の講師の城山結愛《しろやまゆあ》だ。ここは、デパートの中にある大手のカルチャースクールである。プロのパティシエを目指す生徒より、気分転換の趣味として習う生徒が多い。

大手のスクールでは珍しいことに、ここは講師の結愛の意向で、生徒は女性限定とされている。

「結愛先生って、童顔だから『人が住めるような大きなお菓子の家を作って中から食べたーい』なんて言う方が似合いますよぉ！」

からかう生徒は、結愛より少しだけ年上の外科医だ。

年下の生徒も、年上の生徒も、皆が結愛を慕い、心から楽しそうに手を動かす。

「魔女は人を主食にしていたから、お菓子の家を作っても食べなかったんじゃないですか」

「そんな、味見もしないでヘンゼルたちにお菓子を食べさせようとするなんて、菓子研究家として見過ごせません！」

生徒の言葉に真剣に返す結愛に、また「先生ってマジメすぎ」と笑いの波が広がる。

クリスマスが近づく12月のお菓子教室は、季節外れの暖かい日差しが入り込み、この世の苦界とは無縁の様相を呈していた。

「ねえ、先生、今日の約束覚えてますよね」

生徒が片づけを終え、この後お決まりのお茶に行こうと誘い合っている中、先程の外科医、池添《いけぞえ》麻里那《まりな》がいたずらっぽい笑みのまま、わざとらしい小声で近づいてきた。

「も、もちろん。私も仕事でステップアップしたいし……」

「場所は恵比寿。駅からすぐです」

手にしたエプロンを畳み損ねた結愛の狼狽を見ないようにして言葉を重ねた麻里那は、同業の彼氏の留学を機に、捨てられたばかりらしい。

結愛がこのお菓子教室を始めてからの一番付き合いの長い生徒で、忙しい中もしっかり通ってくれる。結愛も真面目だが、麻里那も真面目で凝り性で、次回のお菓子の予習も、前回のお菓子の復習もして、写真を送ってくるのに結愛は驚かされている。フランスのアンティーク人形のような顔立ちの麻里那が、フランスに留学していた頃に結愛が覚えたお菓子を作るのは、出来過ぎなほど美しい。

そんな麻里那が異業種交流会に結愛を誘ったのは、前回のお菓子教室の始まる前のことだった。麻里那と個人的にやりとりをしている結愛に対し、わざわざメールではなく口頭で誘うからには、その前の「彼が勝手に留学に行って連絡が取れない」ということを聞いてほしかったからだろうと結愛は悟った。合コンのような軽いものではなく、独身の様々な業種の者が集まって、テーブルを移動しながらビジネスチャンスを探し、あわよくば恋が始まる、そういうものだと麻里那は結愛に説明した。

大きな病院に勤務している外科医の麻里那にビジネスチャンスは必要ないだろうし、明らかに彼氏を忘れるための行動だと結愛は推測した。だが、結愛にとってはビジネスチャンスである。

結愛の両親が脱サラして東京の下町で喫茶店を始めたのをきっかけに、結愛は店を手伝い始めた。製菓専門学校を出た2年後のことだった。紅茶にもコーヒーにも合うお菓子を作ってと頼まれ、スコーンではありきたりだろうと、思い切って餡ドーナツやらカステラ生地に羊羹《ようかん》を挟んだシベリヤやら和梨のタルトやら、古今東西、和洋折衷、あらゆるものを作ってきた。

ただ、結愛はこの頃、別の洋菓子店に勤務しており、店長の許可を得て両親の店を手伝っていた。そのためお菓子は一日に1種類、5個限定で作るのが精一杯であった。

ところが、脱サラした人たちのその後を取材する番組で両親の喫茶店が紹介され、たくさんの客があれよあれよと押し寄せると、結愛の作ったお菓子は「朝から並ばないと食べられない」と今度はSNSで有名になり、一躍結愛は菓子研究家としてマスコミに取り上げられるようになった。結愛は年齢よりぐっと下に見られる童顔で、鈴の鳴るような可愛らしい声であったので、アイドルとしてテレビが持ち上げるのは当然と言えば当然であった。

結愛は洋菓子店を辞めて、和菓子も洋菓子も作れるスーパーアイドル菓子研究家として、念願のレシピ本を出すことが叶い、そればかりかテレビ局系列のカルチャーセンターから声がかかって、お菓子教室も開くことができたのである。そんな結愛の次の夢は、外資系ホテルで自分のお菓子を売ってもらえないかというものであった。麻里那の誘いは、そのようなチャンスかもしれない、と結愛は麻里那と違う目的で参加を決めた。

会場に着いたら、結愛は麻里那と別テーブルに着くように主催者から指示された。友人同士の参加は、どうしても二人でしゃべってしまい、他の参加者と交流が深まらないので、と猪首《いくび》の主催者の男はさらに首をすくめてばつが悪そうに苦笑いしていた。

あまり人見知りしない麻里那と違って、積極的に自分から話題を振れない結愛は、名刺交換をするのが精一杯である。しかも、名刺を見て、『これは私の仕事のプラスにならない』と判断したら作り笑顔もそこそこになってしまう。

しかし、参加者の中には、テレビに何度も出ている結愛のことを知っている者もおり、その中に「飲食店の経営コンサルをしているが、お菓子部門についてコンサルしてもらえないか」という誘いもあった。また、コンビニの企画部の社員もおり、コンビニスイーツプロデュース企画も前向きに検討すると言ってくれた。

「結愛先生、運命の人はいましたか？」

色素の薄い瞳を潤ませながら、麻里那がトイレで結愛に話しかけてきた。

「麻里那先生こそ、白馬の王子様は見つかりましたか？」

お互いに少しお酒が入って、二人は上機嫌でふざけて言葉を交わした。

「隆一《りゅういち》さんほどの人はいませんねぇ……」

麻里那はふと我に返ったように、自分を捨てた彼氏のことを懐かしむようにつぶやきつつ、髪を耳に掛けた。恋は盲目とは言うが、いつかその魔法も解けて目が見えるようになる。しかし、ひどい振られ方をした後だと、かえって彼の面影を追ってしまう。結局、美化して積み上げた思い出を、知り合って間もない生身の人間が超えることはない。

「いや、きっと今日見つからなくても、麻里那先生にぴったりの男性はいると思う。私はもう、ビジネスの話がまとまったので、十分。もともと、恋人探そうと思って来たわけじゃないし」

大きな身振りで話す結愛に、麻里那は、帰りは一緒に駅まで行きましょうね、と言いつつ席に戻っていった。足取りは陽気でも、その背中には前の彼氏の影を背負っているようだった。

結愛が席に戻ると、隅の方で一人で日本酒を飲んでいる小柄な男性がいた。男性は結愛に気付くと、「あっ」と声を上げて立ち上がり、

「席が交代の時間だったので。男性だけ、席替えがあるんですね。頼んだばかりの奥の松、さっきの席の女性陣に分けずに持ってきちゃいました」

と頭をかきながら話しかけてきた。

「奥の松？　もしかして、福島県のお酒ですか？」

「はい、二本松市の酒蔵です。俺は、東北の日本酒が大好きなんですよ」

眼鏡をかけて女性のように華奢《きゃしゃ》な男性は、人懐っこく笑いかけた。

「前に、福島県のお酒を使ったお菓子を作ることをテレビで企画して、それで……」

「知ってますよ。復興支援の番組でしたね、城山さん。あの後、企画したお菓子を期間限定で販売したでしょう。買いました。日本酒の味がしっかり生きていて、びっくりしました。日本酒って、お菓子になるんだなって」

照れくさそうに言う男性は、結愛より年下でフリーランスの絵師だと言う。ソーシャルゲームのキャラクターのデザインの依頼があれば絵を描くが、それだけでは食べていけなくて、居酒屋で調理も含めたアルバイトをしているそうである。

結愛は、こんなにストレートに自分の作った菓子を褒めてくれたことが嬉しく、少し心を許した。男性はそんな結愛に朗らかな表情で酒を注ぐ。

「俺、ワオキツネザルに似ているでしょう。だから、wao-sarurun《ワオサルルン》って名前で絵師をやらせてもらっています。本名も、猿島《さるしま》ワオって言うんですよ。ぴったりすぎでしょう？」

「わ、ワオさん。言われてみればお猿さんに似てますね。素敵な名前」

彼は太くて黒い眉を持ち、少し尖った黒縁眼鏡の奥には丸い瞳が光っていて、外に張り出した大きな耳をしていたので、尻尾さえ付ければワオキツネザルになるような容貌だった。

「俺は、仕事を得るために来たんです。一つ大きな、イラストの仕事をもらえました。企業のパンフレットです。ありがたい。恋人を探すために城山さんは来たのでしたか？」

その言葉に、結愛は凍り付いた。

「他の男を褒めんじゃねえよ」

そう言って当時28歳の結愛を殴ったのは、その時付き合っていたパティシエの彼氏だ。一緒にドラマを見ていて、結愛が「この俳優ってかっこいいよね」と何気なく言った瞬間、耳がキーンと鳴り、視界に火花が散った。頬を強くはたかれたのだ。

「城山さんって、彼氏に尽くされそうですね」

微笑みながら結愛の顔を覗き込むワオに悪気はないようだ。

「ええ、学生時代の彼氏は、本当はラーメンが好きなのに、いつもケーキビュッフェに付き合ってくれて、そのあとの彼氏は、海外出張に行くたびに、外国の変わったお菓子をお土産に買ってくれて、その次の彼氏はフランス人で、フランス語で書かれたレシピを和訳して研究を手伝ってくれて……」

結愛は俯いたまま、早口でまくしたてた。いいなあ、いい恋ですね、というワオの声は耳に届いていない。それまでの彼氏はみんな優しかった。しかし、最後の彼氏、行彦《ゆきひこ》だけは違った。最初は軽い束縛で始まり、最後は理不尽な暴力をふるった。この一撃で、結愛は彼と別れたが、それ以来、結愛は男性が恐ろしくなり、お菓子教室も女性限定とさせてもらったのだ。生徒には、「女性同士の方が気楽だし、ナンパ目的の男性には来てほしくないから」と説明していたので、このことは麻里那も知らない。

「あの、俺にお菓子作りを教えてもらえませんか。もちろん、月謝はお支払いします。弟子入りさせてください」

ワオの声で結愛は現実に引き戻された。「え、弟子？」と驚いてワオを見ると、ワオの背中が見えた。ワオはぴょこんと跳ねて店の床に座り、土下座しているのだ。同じテーブルの他の参加者が見てはいけない異様なものを見るような目をしている。

「ワオさん、私は女性しか教え……」

そう断ろうとした結愛は、不謹慎にも噴き出してしまった。上目遣いで結愛を見上げるワオが、本当にワオキツネザルにそっくりだったからだ。

「確かに、俺は大した額は払えません。でも、真剣に城山さんのお菓子が好きなんです。よければ、レシピ本の挿絵は俺が無料で描きます。お願いします、弟子にしてください」

必死で頭を床につけるワオを見ると、男性と言うより一匹の可愛らしい猿が林檎欲しさに芸をしているように見えてきた。滑稽であるが、憎めない。これは、猿だ。

「分かりましたから、顔を上げてください。週に一回、私の家でプライベートレッスンをします。月謝は、今度出すレシピ本の挿絵を描くことだけ。材料は買って来てください、いいですね」

　結愛はこの時、とっさに自宅でのレッスンと言ってしまって内心焦ったが、ワオは顔を綻《ほころ》ばせ、ありがとう、と結愛の手を取って握手した。小躍りして喜ぶ姿も、動きがぴょこぴょこと細かく、まるでワオキツネザルが跳ねているようで、結愛は自分が猿使いになったような優越感を覚えていた。


　それから数日経った月曜日の午後、ワオは結愛のマンションを訪れた。男性を家に上げるのは、本当に久しぶりである。行彦と別れた後にこのマンションに引っ越してからは初めてだ。多少、身構えていた結愛であったが、ワオがさっと身に着けたエプロンにバナナの絵が描いてあったので、結愛は笑いをこらえきれなかった。

「まずは、型抜きクッキーからですね」

　いくら居酒屋で調理も担当していても、お菓子作りとは勝手が違う。そこで、簡単なものから教えようと結愛は考えた。

「あの、先生、くるみのパンケーキは教えてもらえないのでしょうか」

「ああ、あのパンケーキ……あれは誰にも作り方を教えていないの」

　くるみのパンケーキとは、結愛が両親の喫茶店で不定期に出すお菓子だ。普通は入れない、光り輝く「あるもの」をスパイスとして入れる。そのスパイスが貴重すぎて、数か月に一回しか出せない。それだけに、ＳＮＳでは「幻のパンケーキ」と言われていることも結愛は承知していた。誰にも真似できない、結愛の最高傑作だ。

「俺、頑張ります。いっぱい通って上達します。そうすれば、くるみのパンケーキも作れるようになりますよね？」

必死で食い下がるワオを見ていると、やはり可愛らしい猿が甘えているようで、無下《むげ》にできない気がしてきた結愛は、

「いきなりあれは作れないと思う。普通のホットケーキミックスで作るものよりも工程がずっと複雑だから。そうね、王様のチョコレートケーキまで作れるほどになったら、教えてあげましょう。それには数か月かかりますからね」

と了承してしまった。

「やった！　ありがとう先生！」

両手を上げて、いちいち大袈裟《おおげさ》に跳ね回るワオは、男性の匂いがしない。かといって、弟でもないし、結愛の中では猿でしかなかった。

こうして、結愛とワオの週一回のプライベートレッスンが始まった。


いつものパンの店でパンを買って、結愛は家路《いえじ》を急いでいた。今日は月曜日、ワオが来る日だ。ワオは毎週休まず通い、そろそろ2か月が来ようとしていた。ワオが来る前に明日の朝食のパンを買うのが結愛のローテーションになっていた。もう角を曲がればマン

ション、というところだった。

「結構なご身分だな」

聞き覚えのある低い声が、結愛のすぐ側で聞こえた。その瞬間、結愛は全身の血が逆流するような寒さを覚え、心臓は危機を告げた。

「あそこのパン屋、高いことで有名だろ。そんなパン屋でお買い物ですか、成功者は俺みたいな失業者とは違うねえ」

「ゆ……行彦くん……？」

角で結愛を待っていたのは、かつて結愛を殴った元の彼氏、行彦だった。髭を伸ばし、髪は落ちかけたパーマをそのままにしており、前髪が目を半分覆っているが、その目は落ち窪み、なぜか不思議な炎を燃やしていた。

「ああそうだよ。最後に会ったのは4年前だから、もう覚えてないんでしょうな、先生」

「どうしてここに？　第一、失業者って？」

ガン。大きな音が響いた。行彦が持っていたチューハイの缶を道路に投げ捨てたのだ。

「うるせえ！　お前が俺を捨てたのは、俺のパティシエとしての才能に嫉妬したからだろ！　勤めてた店が潰れたんだよ！　再就職もままならねえ！　それもこれも、お前が裏で手を回しているのは分かってんだぞ！　俺をパティシエとして成功させねえようにな！」

「な、何を言ってるのよ！　私は知らない！」

行彦はしっかり結愛を見据えているものの、言っていることは支離滅裂だ。結愛は強気で言い返しはしたものの、足がすくみ、全身が震えて逃げ出すことができなかった。せめて警察を呼ぼうと携帯電話を鞄から取り出そうとしても、手に変な汗をかいて指もまともに動かず、鞄の中で手が虚しく泳ぐだけだった。

「お前が開いている菓子教室あるだろ。あの講師を俺に代われよ」

「……つけてたのね」

行彦は引っ越してからの結愛のマンションを知らないはずだ。

「お前は俺の人生に責任を取るんだよ！」

行彦が上着のポケットに手を入れたその直後、何かが日の光に鈍く輝いた。刃物、そう思って座り込んで頭を抱えた結愛の前に、差し出されたのは銀色の万年筆と婚姻届だった。

「なあ、講師を代わるのが無理なら、俺と結婚してくれよ。頼むから。生活の面倒見てくれよ、お前のことまだ好きなんだよ、なあ」

そう言って行彦は結愛の手首を無理矢理掴んで、署名させようとする。

「離して、やめて、嫌だ！」

掴まれた手を振りほどこうと暴れる結愛に、気持ち悪く行彦は笑いかけてくる。黄ばんだ歯が不気味に光った。

「何やっているんだ、貴様！」

今度はバシッという音がして、万年筆は上着から取り出された時と同じように青く輝きながら、用水路に飛び込んでいった。

一瞬、何が起きたか分からないまま結愛が顔を上げると、そこには竹刀を手にしたワオが結愛の前に立っていた。

結愛がワオの足の間から見ると、行彦が座り込んで無様にひい、と声を上げながら後ずさりしている。

「俺は結愛の婚約者だ。二度と結愛に近づくんじゃねえぞ！」

ワオはこれまで結愛が聞いたことのない大声でそう言うと、見事な面を行彦の眉間に決めた。わひゃあぁ、と情けない声を響かせて、行彦は四つん這いのまま退散していった。

「大丈夫ですか」

瞳を潤ませて、ワオは結愛を見つめ、抱き起こした。

「怖かった、怖かった、怖かった」

十分しゃべれない結愛に肩を貸して、とにかく家に入りましょう、とワオは結愛をマンションまで連れて行った。

「ワオさん、竹刀なんてなぜ？」

ワオの入れたジンジャーレモネードを飲んで少し落ち着いた結愛は、ワオに問いかけた。

「実は、学生時代からずっと剣道をやっているので、お菓子のレッスン前に道場に寄ってきたところだったんです。いつもは水曜日に通っているんですけど、今日は特別で」

照れくさそうに言うワオは眼鏡の奥の目を丸めて、張り出した耳を赤くし、いつもの小さな猿の雰囲気に戻っている。

「意外ね」

結愛はこれまで、ワオを男性として見たことはなかった。男性は怖い。行彦のように、嫉妬深く、しつこく、どこで怒るか分からない。そう思っていた。そして、それは今日の出来事でより一層強く裏付けられたではないか。

「ワオさん、あの時初めて男性に見えた」

「それまで俺は何だったんですか」

やっと結愛に笑いが戻ってきた。

「ねえ、もう一つ教えてもらっていい？」

何ですか、と言うワオの袖を結愛は引いた。

「どうして婚約者だって言ったの」

ワオは一瞬目を逸らし、また結愛に視線を戻して答えた。

「そうなればいいなって思ったから」

鼻歌を歌う結愛に、麻里那がそっとささやいてきた。

「先生、最近ご機嫌ですね。どうしたんですか？」

「ああ、ごめんなさい、つい無意識で」

いつものお菓子教室で、結愛は王様のチョコレートケーキを生徒たちに教えていた。これは味も良いのだが、見た目が独特だ。特徴的なのは、王冠を何個も重ねたような突起をチョコレートで表現し、ケーキの表面を飾っている点。この装飾の難易度は高い。さすがに一番長く通っている麻里那でも苦労している。

「こんな難しいケーキを楽しそうに作れるなんて、先生、さすがですね！」

と、他の生徒が言うと皆頷く。今回はどの生徒も必死で、余裕がないことが見て取れる。

「無理に見本通り作らなくて良いんですよ。自分にとって、かっこいいと思う王冠を表現してください」

結愛は一人一人に手を貸して回りながら、笑顔で呼び掛けた。その結果、あちこちで良く言えば個性的な、正確には、やや不格好なケーキが出来上がったが、生徒たちは達成感に満ちた顔をしていた。

「やっぱり、先生何か良い事あったんでしょ」

帰り道、生徒たちと駅に向かう道で麻里那が結愛に上目遣いで尋ねてきた。

「実は……年下の彼氏ができてしまって」

ええ、意外、いや、やっぱり、など様々な反応をする生徒らに、結愛は、

「なんて、嘘ですよ。実は、私のプロデュースしたお菓子が再来月、コンビニで発売されることになったから、嬉しくて」

きゃあ、素敵、絶対買いたい、何のお菓子ですか、などと騒ぎ立てる生徒たちに「まだお菓子の詳細は契約上秘密なの」と笑いかける結愛を、少し離れて麻里那はじっと見ていた。結愛と目が合った時、麻里那はふっと微笑んで、携帯電話を高くかざした。電車に乗ってから届いた麻里那からのメールには、

「先生、良かったですね。素敵な恋になりますように！」

と、全てを見透かしたことが記されていたので、結愛は顔を赤らめた。


結愛の元へワオがお菓子を習いに通い始めて、4か月が経った。ワオは最初こそ、簡単なチョコレートの湯煎《ゆせん》でもチョコレートの中に湯を入れて失敗したり、プリンを作る時にはカラメルを焦がしてしまったりしていたが、元々料理の素養があったので、今ではかなり上達した。無機質な水飴を、美しい曲線の白鳥の飴細工にする。繊細で華奢な指を持つワオの手を見ると、結愛はつい見惚《と》れてしまい、次の指示を忘れてしまいそうになる。モノトーンが好きで殺風景であった結愛の部屋だが、ワオが来る日には花を生けるようになった。ワオが来ると、部屋に明るい光が射すように感じていた。

「ワオさん、私の祖母があなたに会いたいって言っているの。今は、施設にいるんだけど、今度の休みの日にどうかな？」

結愛がワオに切り出すと、ワオは結愛のレシピ本の挿絵のイメージカットのラフを描く手を音もなく止めた。

「今はイラストの仕事がたくさん来ているから、締め切りが近くて難しいよ」

「ほんのちょっとよ、時間は取らせない」

「本当に忙しいんだから。無理」

そう言うとワオは立ち上がって上着を羽織り、帰り支度を始めてしまった。

「じゃあまた、来週。このキッチンで」

この日は一緒に夕飯も食べようと言っていたのに、ワオはわざわざ「このキッチンで」と言って、結愛が引き留めようと言葉を発する一瞬前にドアを開けて帰ってしまった。

結愛には夢があった。男性恐怖症になる前の夢。やっと最近になって、取り戻すことができた夢。

自分の作ったウエディングケーキで、ガーデンウエディングを行う。季節の花を飾ったケーキで、中にはたっぷりのフルーツを入れる。フルーツに気を付けながら、タキシード姿の彼とケーキカットを行う……

それがあと少しで叶いそうなのに、なぜワオは逃げるのか、結愛は焦っていた。両親に会ってと言うのはハードルが高いだろうから、まず祖母からと思ったのだが、祖母の方がかえってハードルが高かったか、と結愛は反省した。

そこで結愛は、その次のレッスンの際、父を先に部屋に呼び出しておき、何も知らずに来たワオと対面させることにした。ワオは、そんな目論見《もくろみ》も知らず、いつも通り結愛の部屋に来た。

「こんにちは、ワオさん。今日はスペシャルゲストがいるの」

結愛はいたずらを仕掛けた子供のように高揚しつつ、ワオを部屋へ招き入れた。

「初めまして、結愛の父です」

結愛の父は、心は優しいのだが、強面《こわもて》である。喫茶店では、垂れ目で福福しい母と、偏屈そうな父のコンビが良いと常連の間で喜ばれている。

その強面の父と対面したワオは、あっ、と小さく叫んで目を白黒させ、手から材料の入ったエコバッグを床に落とし、見るからに平常心を失っていた。

「わ、ワオです。さ、猿島」

まあ座ってよ、と笑う結愛とも父とも目を合わさず、ワオは俯いている。

「猿島君ね。仕事は」

「え、絵師、あ、い、イラストレーター……。あと、いざ、居酒屋で、バイトを……」

ワオはようやく座ったものの、正座してこぶしを固く握り締めたままで、まるで子猿がボス猿に叱られているようだ。結愛はその姿を見て、可愛い私の子猿、この瞬間を写真に撮りたい、などと悠長に考えていた。

「将来はどうするつもりだね」

結愛の父は電子タバコを取り出しつつ厳《おごそ》かに呟いた。

「え……あの、ごめんなさい。ちょっとお腹が痛い。帰ります。先生、また来週」

待ちなさい、という結愛の父の声を背中で撥《は》ねつけながら、哀れな子猿が群れから逃げ出すように、ワオは何度も転びそうになりながら走り去っていった。

「見た、パパ。猿みたいで可愛いでしょ。パパを呼ぶってことを知らせてなかったから、緊張したのね。悪かったかな」

指差しながら笑う結愛に、父は電子タバコの煙を吐き切って、強く言った。

「確かに、騙したお前は良くない。しかし、結婚を真剣に考えている男が、あんな無様な逃げ方するか」

結愛の顔から一瞬で笑いが消えた。それを見届けてから、父はため息をついた。

「あいつは駄目だ。これ以上深入りするな。やめとけ。やめとくんだ」

呆然とする結愛を置いて、父は部屋を後にした。部屋には、ワオと父のために結愛が用意した紅茶のパウンドケーキが西日に照らされて残されていた。

幸せの兆しは、予想もしていないところからやって来る。来てほしいと藻掻《もが》いている時には来ない。兆しが見えたら、捕まえておく努力をしなければならない。しかし、幸せは努力をしないと繋ぎ留められないものだろうか。自然と幸せになれる人間がいるのに、努力をしないと幸せになれない人間がいるのはどういうことだろうか。だから人は運命やら時代のせいにする。自分ではどうしようもない存在を認めることで、自分を許そうとする。そうでないと、今日一日、厳しい風の中で立っていられない。

結愛は、賭けに出た。しかし、それは誤算でしかなかった。

「どうして、ワオさん……」

結愛はひたすら、パウンドケーキをフォークで刻んでボロボロにした。西日は、いつの間にか夜の闇に消えていった。

「先生、このSNS見てください。この人、何で王様のチョコレートケーキを持っているんですか。生徒じゃないですよね」

麻里那から結愛にメールが来たのは、それから10日ほど経ってのことだ。

父と面会した翌週、ワオは何事もなかったかのように現れ、相変わらず飄々《ひょうひょう》とした態度で菓子作りを習い、レシピ本のイラストサンプルを持参した。結愛を責めることもせず、いつも通りの明るさで結愛の心を温めた。その時に教えたのが、王様のチョコレートケーキだった。細かい作業が得意だと言うワオは、見事に複雑な飾りを作り上げた。これなら次回はくるみのパンケーキを教えてあげられる、そう伝えた時にワオは結愛に抱きついて跳ねた。そして、大事そうにケーキを抱えて帰った。いつもは二人で食べることが多いのだが、この日は違った。

「どのSNS？　あのケーキは、いつものクラス以外では父の喫茶店で出したくらいだけど、それも2か月前だし……」

そう返して、麻里那から送られてきたURLをクリックすると、ブリーチした明るい髪の女性の写真が目に入った。結愛の生徒ではない。その女性は手を広げ、結愛の王様のチョコレートケーキを得意そうに見せびらかしている。

「夫が通っているお菓子教室で、すんごいケーキを作って持ち帰ってくれたよ♪　娘ちゃんも大喜び♪　次は幻のパンケーキだって、楽しみすぎ！」

結愛は頭がじわっと締め付けられた。脳がレモンのようにスクイーズされるようだ。見たくないのに、確かめなければという義務感と、奇妙な好奇心が交錯し、「MIKARU」という女性のプロフィールを見た。

「本名　和央美香琉《わおみかる》（旧姓吉武《よしたけ》）　広告代理店でデザイナーやってます　夫は美大の同級生の和央辰彦《わおたつひこ》（絵師）　娘の春姫《はるひ》はまだ小一　仕事も育児もがんばります」

他の投稿も見る。そこにあったのは、ワオの家族写真だった。

「嘘よ、ワオさん、こんなことって」

喉がカラカラに乾いていく結愛のもとへ、麻里那からまた連絡が入った。

「先生、さっきあの異業種交流会の主催者を電話で問い詰めました。和央辰彦は、主催者と高校時代の同級生で、参加者に先生がいることを主催者から聞いて、あの会に独身のふりして偽名で潜り込んだって。先生からどうしてもお菓子を習って娘に食べさせたいから先生に会うチャンスが欲しいって前々から主催者に言ってたそうです」

麻里那があの猪首の主催者に電話して、まくしたてる様子が目に浮かび、結愛は少し愉快になった。「あはははははは」笑い声はやがてしゃくりあげる涙声に変わっていった。

何とはなしに人生はうまく流れていく、そう誰しも思う。出会うべき人に出会うべき時期に出会い、自然と幸せになると考える。しかし、そうはいかない人間の方がむしろ多いのではないか。努力と幸せは必ずしも比例しない。何も悪いことをしていなくても傷付けられる。幸せのふりをして、敵意を持たない「不幸」が人生に忍び寄り、笑顔のまま人間を踏み躙《にじ》っていくのだ。それが今回は、可愛い猿の姿をしていた。

「祖母が亡くなったの」

くるみのパンケーキを習いに来たワオに結愛は静かな水面のような声で告げた。

「私の花嫁姿を見たかったって言ってた」

乾いた唇でつぶやきながら、結愛はくるみを擂鉢《すりばち》で擂り潰し、そこにミキサーにかけた野菜と果物を混ぜ込み、何種類もの粉を合わせて篩い、さらには蜂蜜をカラメルソースと煮るといった、複雑な工程を淡々とこなしていった。

「お悔やみ、申し上げます」

ワオは肩をすくめて、林檎を奪われたワオキツネザルのように落ち込んで見せた。

それだけ？　ほかに言うことはないの？　あんたのせいで祖母をぬか喜びさせたんじゃないか、心の中で結愛は慟哭《どうこく》した。

ワオは結愛の祖母の話はそっちのけで、真剣な表情で、パンケーキの作り方を見ている。最初からこれが目的で、結愛はそのついでだったのだから、当然である。

「さあ、ワオさんもやってみて」

結愛はいつもの調子を装って指示する。ワオは張り切って生クリームをハンドミキサーで泡立て、調合するスパイスを準備する。中には皮をむくスパイスもあり、ワオは「なかなかうまくいかない」と何度もつぶやいていた。モノトーンの部屋には光が斜めに差し込んで、小さな反射を繰り返し、色を振り撒いている。そして、やがて甘い香りが部屋に立ち込めていった。

「いやあ、難しかった。これが幻と言われるパンケーキなんだね」

額にうっすら汗を浮かべるワオに、結愛は笑いかけ、そっと額を撫でた。だが、次の瞬間、結愛はワオの頭を掴んで、オーブンの扉の中に押し込んだ。

「ヘンゼルとグレーテルのお菓子の家の魔女は、ヘンゼルたちを食べようとした。魔女はどうして可愛がっていた二人を食べようとしたのかな。ヘンゼルたちが先に魔女を捨てたとは考えられない？　元の家に帰りたいって。あんなに手間をかけたお菓子の家を食べ散らかしておいて、お父さんとお母さんにこのお菓子を持ち帰ってあげたい、なんて言われたら魔女はどう思うか、分かる？」

「何言って……」

余熱の残るオーブンの中に顔を突っ込んだまま、慌てるワオを今度はぐっと引っ張り出し、自分の側に向き直らせ、壁に押し当てて結愛は続けた。

「復讐に燃えてヘンゼルを殺そうとした魔女は逆にグレーテルにかまどに押し込められた。結局は誰かが犠牲になるのよ。だから、私はあなたを逃がす。かまどで焼かない。あなたを焼いても、誰も幸せにならない。これが最後のレッスン」

「何が言いたいのかよく分からないけど、また会えるよね」

「魔女はヘンゼルたちを逃がせばよかったの。そして、森の奥で次の子供を待つ。あなたにはパンケーキを教えて終わりの約束よ。さあ、帰って。自分の家へ」

結愛は出来立てのパンケーキをてきぱきと箱詰めした。手つきはいつもと変わらなかったが、その頬には冷たい涙が伝っていた。

ワオは箱に詰められたパンケーキとレシピを印刷したピンクの薄い紙を結愛から強く押

し付けられ、釈然としない表情で結愛の部屋を後にした。

「また来るから」

「もう来ないで」

「終わりにしたくない」

「このさよならに期限はないの」

「あいつは、前にうちの店に来たんだ。娘を連れてね」

開店前の喫茶店で、コーヒー豆を挽《ひ》きながら父親は結愛に話し掛けてきた。感情をできるだけ殺しているが、その顔には陰りがあった。

「たまたま、お前の自慢のくるみのパンケーキの日だった。雨の日だった。急に雨に降られて、体が弱い娘の雨宿りにと、うちの店に開店一番飛び込んできた。娘は、美味しい美味しいとはしゃぎながらお前のケーキを食べてね。食の細い娘がこんなに食べたのは初めてだったそうだ。次はいつ食べられますか、せめて作り方を習えませんか、そう食い下がられたが、結愛に訊かないと分からないから、父さんは答えようがなかった。店を出る前に、結愛さんから習えば良いんですね、と言って帰って行ったよ。それがまさか、付き合っていることになるとはな」

「もうあの猿は山に帰したよ」

結愛は、かぼちゃの焼きプリンが入ったオーブンを身じろぎもせずに見つめていた。

「うむ。そうか」

「ヘンゼルとグレーテルは魔女の家に隠されていた財宝を持ち帰ったけど、あの猿はほとんど手ぶらで山に帰った。どういうことか分かる？」

「分からないが、それがお前の復讐だったんだな」

オーブンが呑気に音を立てて焼き上がりを伝えたので、結愛はプリンを取り出し、仕上げに入った。

「私は、簡単に殺される魔女じゃないの」

そう言って振り返った結愛は、泣き顔で、しかし満足そうに笑っていた。


ワオは、家に持ち帰ったパンケーキを娘の春姫に食べさせたが、「これじゃない」と渋い顔をされた。妻の美香琉からは、ＳＮＳに投稿したチョコレートケーキについてお菓子教室の生徒を名乗る複数名から「あれは門外不出のケーキだ、なぜ知っている」などの苦情が来て精神的に参っていると言われた。あれ以来、ワオは結愛からは連絡をブロックされた。一度、結愛の家を訪ねたが、すでに引っ越した後だった。

「レシピ通りに作っているのに、全然あの日の味にならない……何が足りないんだ？」

ワオは何度もくるみのパンケーキを作ったが、出来上がるのは地味に美味しい普通のパンケーキで、幻の味にはならなかった。

「秘密のスパイスを教えなかったの」

結愛は、お菓子教室の帰りに麻里那と入ったレトロな喫茶店でぽつりと話した。

「あんな優しい気な、愛嬌ある人がそんな悪い男とは思えませんでしたね」

「いいえ、優しいのよ。体が弱い娘のために、美味しいお菓子を作ろうとするんだもの。ただ、私は娘のためなら、踏み台にしてもいい存在だったのよ。踏み台が結婚できようができまいが、どうでもいいでしょう。あの人がいた数か月のせいで、祖母に花嫁姿を見せられなかったことなんて、娘にお菓子を持ち帰る喜びに比べたら、取るに足らない事象なのよ。優しさには優先順位があって、私は最下位だったの。人は全方位に優しくできない。それだけなの。そう」

俯いてチャイをかき混ぜる結愛に、麻里那は紅茶のような色の瞳に涙を溜めて言った。

「私、隆一さんと長く付き合って、捨てられて、それでも失うものだけじゃなく、得るものがあったと思います。平穏な恋には憧れるけど、それでは今の私はない。……先生は、これからもお菓子の家を作り続けるの？」

かちゃり。結愛はスプーンを置いた。

「ええ、作り続ける。次のヘンゼルとグレーテルが森に迷い込んだ時、美味しいお菓子でもてなして、今度こそ森の奥で一緒に暮らす。だって、お菓子は私の魔法なの。こうして最高の生徒にも出会えたしね」

先生、と言って麻里那はついに泣き出した。こっちが泣きたいよ、と言って結愛は麻里那の背中を優しくさすった。

「大切なのは、何を恋で失ったかじゃなく、何か得たか、だと思う」

「私は、隆一さんに数えきれないほど傷付けられました。でも、得るものが一つでもあれば私の勝ちなんだ、と今は思います」

「私もそう思えるようになった。この恋で、お菓子の家は、より美味しくなった。そうでなきゃいけないの」

いつの間にか、店内には結愛の好きなジャズナンバー「Tea for two」が流れていた。午後の夕日は赤かった。店内には、もう春のぬくもりがそこかしこに溢れていた。

それからしばらくして、結愛のレシピ本はワオのイラストと共に発売され、結愛のお菓子教室は、男性も通えるようになった。

生きることは他力本願あるいは自力は限界

誰も拾ってくれないのでペットショップで飼い主を待った。

飼い主になりたがるのは老人ばかり。希望しているのは溌溂《はつらつ》とした若い飼い主なのに。ああ、一緒に海辺を走り回れたら、生臭い潮風がどんなに安らかに感じるだろう！

ペットショップ店員のSが老人に、「この犬は長生きしますけど、あなたそれまで生きられますか？」と尋ねると、老人は言う。「介助犬に育てるつもりで飼うんだ」と。

私は介助犬になりたくない。若い人が来ると、とびっきりの可愛いポーズをしてみる。

若い人は言う。「こんなに大きくなった犬はいらない。自我が確立していて懐かない」

ペットショップの店員Sが店長Gと小声で話している。「何か特典がないと難しいですね」「値下げしても無理なら、ドッグフード10年分くらい付けないと」

高梨《たかなし》と名乗る男性がケージから出して私を撫でる。「可愛いですね」「じゃあ飼いませんか」「いえ、家には猫の麻里那《まりな》がいますから」飼ってもらえると思って飛び付いたのに、初めから飼う気がないならケージから出すな。期待させるな。

小さなパピヨンの子犬を探しに来た富豪が私を見て言う。「この子もついでにもらえませんか」私は喜んで尻尾を振ったが、店員Sがこう言った。「あなたの家は、すでに5匹の犬がいますよね。このワンちゃんは多頭飼育は向いていません。やめておきなさい」

そうだ、その通りだ。私はたくさんの中の一匹は嫌だ。私以外、見てほしくない。他の犬たちと常に一番を争う暮らしなんて、考えただけで背中がぞわぞわする。

「飼い主がオカネモチなら、それでも構わないじゃーん」そう言って、小さなパピヨンはケージから出て富豪の家へ行った。多頭飼育でも構わないそうだ。幸せになったかなんて、知りたくもない。あいつの幸せの基準は、私と違うのだ。一緒にされると腹立たしい。

店長GがSに話しているのが聞こえた。「これ以上大きくなると、うちには置けないね」「処分ですか」「そこまでいかなくても、ねえ。ただ、ペットショップは売るまでが仕事だ。売れた犬も、売れなかった犬も、その後は知ったこっちゃない」

早く飼い主が見つからないと、私は終わる。でも私だって飼い主を選ぶ権利はあるはずだ。飼い主が私を選ぶ権利があるように。なぜに私は待つ側でしかないのか。誰がこんな値段を付けた。そして平気で値下げなんて書く。やめろ。一万円とか、そんな単位で私を決めつけるな。何兆円でも嫌だ。私は値段なんてない。紙幣なんて汚物だ。

「この犬ください」

その人は不意に現れた。夢見た理想の飼い主ではなかったが、きっと私はこの飼い主が好きになる。ようやく、ようやく長い暗闇が明ける。明けない夜はないなんて陳腐《ちんぷ》な表現も今なら心から愛おしい。私は自信を持っていい。もう暗いケージで眠らなくて良い。

「こういうものは巡りあわせですから。おい、ワンちゃん、幸せになれよ」

店長Gも笑って私を送り出す。店員Sは、おまけだと私の好きなご飯を付けてくれた。

あんなに嫌いだった場所も、どうでも良かった人々も、今になって愛おしく変わる。それがさよならの時だ。さよなら、すべての退屈な人々と先の見えない生活。

ところが、幸せな日々なんて始まらなかった。散歩も滅多に行ってくれない。躾《しつけ》と言ってすぐ殴ったり蹴ったりする。ご飯も、太るからというもっともらしい理屈をつけて、あまり食べさせてくれなかった。私の生命は、この飼い主の支配下におかれてしまったのだ。私が自由にコントロールできない生命なんて、私の生命と呼べるのだろうか。

それでも、私には次の夢があった。可愛い子犬を産むことだ。ペットショップに逆戻りしたり、介助犬になっては、子犬など持てないだろう。きっと、子犬が産まれれば、飼い主も私に優しくなる。子犬も可愛がってくれるだろう。それまでの辛抱だ。

やがて、念願の子犬が産まれた。それなのに、飼い主は私にも子犬にも面倒くさそうな目を向けるばかりで、状況は悪化した。私だけでなく子犬にも、飼い主は十分なご飯を与えてくれなかった。私はいいから、子犬にお腹いっぱい食べさせてほしかった。

虚ろな日々がどれだけ続いたか分からない。ある日、飼い主は私と子犬を段ボールに入れて、公園の大きな楠《くすのき》の下にそっと置いた。初めて優しい扱いをされた気がした。

「優しい、良い人に拾ってもらえよ。ここでお別れだ」

そう言って立ち去ろうとする背中に向かって、子犬のご飯だけは、公園に運んで、お願いだから、と吠えた。何度も振り返り、立ち去った飼い主は、それから3日間、子犬のご飯を公園に運んできた。しかし、私の分はほとんどなかった。子犬のためならひもじさに耐えられた。それなのに、4日目からどんなに待っても飼い主は公園に現れなかった。どうやら、私が老犬になったから、新しい犬と暮らすために私たちは捨てられたらしい。


あばらが浮いた醜い姿で、リードをつけた犬どもとすれ違いながら、私は公園の外を駆け回る。簡単にご飯なんて食べられるものではない。なぜ？　私が何をしたの？　大きくなったらいらないって、ペットショップの人間も飼い主も言った。だから、ずっと子犬に見える小型犬が売れるのだと。内包した老いを隠して、無垢なふりを死ぬまで続けろと。

私は負け犬と呼ばれるのか？　私は何に負けたのだ？　飼い主の勝手で翻弄されただけのこと。ああ、しかし嘆く間もなく、飼い主を恨む余裕もなく、ひたすらに生きねばならない。痩せた生命がまだ宿っているうちは。野良犬と蔑まれようと、吠えた声はどこにも届かなくとも。

生き抜くために生きること、何か目的を達成するために生きること、それは全然違う人生である。どちらが充実した生き方なのか、立ち止まって考えても状況は変わらない。時代が悪いのか、他力本願な生き方が悪いのか、それともそこまでしか頑張れない自分が悪いのか。

もはや答えはどれでも良い。ここにあるのは、捨てられても燃えている生命だ。

ハルさん

俺は昼間は死にたくてたまらなかった。夜になって、生きたくてたまらない。

東京の小さなアパートの102号室で俺は脂汗を流し、腹痛で七転八倒していた。昼頃からチクチクした痛みがあったが、大したことないと放置して踊っていたら、耐えられない痛みに変わったのが夜10時。救急車を呼ぼうか迷っているうちに、スマホの電源が切れていた。充電器を取りに行く力もなくなって、上京したての一人の部屋で呻《うめ》いている。

山梨県から指定校推薦で東京の大学に入学が決まった春、時を同じくして疫病が爆発的に流行し、政府は「緊急事態宣言」を出して外出を制限した。あらゆる店が臨時休業となり、街は東京とは思えないシャッター街と化した。集会も対面授業も禁止された大学は入学式も執り行わないまま、オンライン授業となった。そのままゴールデンウィークに突入し、同級生にリアルで会ったこともないまま5月の肌寒い夜に一人死んでいく。

痛みと孤独で気が遠くなっていく中、急に玄関のドアが開き、突風が吹き込んだ。

「もう、大丈夫よ。救急車の中だから」

ふと目が覚めると、俺は救急車に乗せられていた。傍らには、グレーのショートヘアを綺麗にカールさせ、深い赤の口紅を引いた、見たことのない老婆がいた。誰ですか、と尋ねるにも痛みの大きな波が襲い、乾いた喉からは呻き声しか出てこない。知らない老婆に見守られながら救急車は病院に辿り着いた。

「これは急性虫垂炎、平たく言えば盲腸だね。すぐに手術した方がいい。腹腔鏡《ふくくうきょう》使うから、オペの準備して」

運び込まれた病院で、外科の高梨《たかなし》という医者にてきぱきと診察、手術の手配をされて俺は荒い息のまま、ぼんやりしていた。背も高くて声も低く響いて、俳優ほどの顔ではないがエリートにしては上出来な顔をしている。この医者は、さぞかしモテるんだろうな、なんて考える余裕も出てきたのは、病院にいるという安心感からだ。

「一緒に来たのは君の家族？」

ふいに聞かれて現実に引き戻された俺は、首を振りながら、「俺が聞きたいです」と小さくつぶやいた。

「高梨先生、アパートの隣人だそうです」

カーテンから顔を出して、いかにもベテランそうな感じのふくよかな看護師が俺たちの疑問に答えた。

「ご家族にも隣人の方が連絡してくれたそうですが、山梨県にいるそうで、今日は来られないそうですが、手術に同意しますって」

「あ、そう。じゃあ、手術室まで運んで」

引っ越してから今日まで、隣に誰が住んでいるのか見たこともない。当然だ、こんな疫病が流行しているのだから、挨拶なんて行けたものじゃない。さらに、スーパーのアルバイトに出かけるのは基本的に早朝で、学生や会社員より早いのだから顔も合わさない。でも、そんな知らない人が、俺のために救急車を呼んだ？　なぜ、実家の連絡先を知っている？　そもそも、俺、家の鍵は掛けてたと思うんだけど、あの突風は何なんだ？

ぐるぐる考え込んでいたら、吐き気が強まってきたので、もう考えるゆとりがなくなってしまった。

「助手は池添《いけぞえ》先生で……ああ、池添はいないのか」

「先生から別れたんでしょ、未練がましい。ぼんやりして手術失敗しないでよ！」

「池添が勝手に出て行ったんだろ。あいつがいなくても充分だよ」

手術前に聞いたのは、医者の失恋とベテラン看護師の叱咤《しった》だった。頼むから失恋ごときで俺を殺さないでくれ、そう叫びたかった。

手術が終わり、俺は死んでないことに安堵するような、まだ生きねばならないことにげんなりするような、ややこしい感情を抱えていた。あんなに死にたかったのに、いざ死にかけると死にたくないと思うなんて、俺はお子様だな、と自嘲した。

病室に、救急車で見たお婆さんが顔を出したのは、深夜1時をとっくに過ぎた頃だった。

「手術が終わるまで待ってくれたんですね」

申し訳なさと人恋しさで、不覚にも泣きそうになってしまった。

「どう、具合は。ご家族は山梨ですって?」

「助けてくださって、ありがとうございました。俺は、3月の終わりにアパートの102号室に山梨から越してきた、桜橋雄飛《さくらばしゆうひ》です。M大学の1年生です」

俺は起き上がろうとしたが、お婆さんに手で制され、体を横たえたまま精一杯伝えた。

「いいのよ。私は丸山春子《まるやまはるこ》。ハルさんって呼ばれてるわね。隣の103号室に住んでいるんだけど、あなたの呻き声が聞こえたから、中に入ったの。部屋にあった箱に貼られた宅配便の伝票にご実家の住所と電話番号書いてたから、勝手に連絡したわ。ごめんなさいね、おせっかいで」

胸元の青い石のネックレスを揺蕩《たゆた》わせ、落ち着いたトーンで話す「ハルさん」は、俺の実家の祖母とは全然違う、どこかきらびやかな都会の夜の空気を纏《まと》っていた。

「これ、あなたの家の鍵。戸締りはしておいたから、今夜はゆっくり眠りなさいね」

ラメの入った紫のショールを翻して、笑顔で手を振ってハルさんは病室を軽やかな足取りで出て行った。こんなに人に優しくされたのは、いつぶりだろう。それ以前に、アルバイトの時以外で人間としゃべることも久しぶりな気がする。あれ、あの人、マスクしてなかったなあ……疫病感染予防でマスク着用がうるさく病院から言われてるだろうに……そう思ううちに身体が軽くなり、眠りに落ちていった。

数日後、退院した俺はまずハルさんにお礼を言いに行こうと思ったが、ハルさんの部屋を訪ねるまでもなく、ハルさんは俺の部屋の前でスーパーの袋を手に立っていた。

「退院って高梨先生から聞いたから、食事作ろうと思ってね」

余計なおせっかいかしら、と言いつつ部屋に上がったハルさんは後光が差して見えた。

「すみません、スーパーのアルバイトで弁当を安く買えるもので、自炊はほとんどしていなくて調味料さえないんです。鍋はあるけど」

「いいのよ。全部用意してるから」

料理を作ってもらっている間、味噌の良い香りが古めかしい部屋を明るくした。

「何から何までお世話になってすみません。俺、こっちに来てから頼れる人がいなくて」

「アルバイト先にお友達はいないの？」

ハルさんは出来立ての味噌おじやをよそいながら尋ねてきた。

「アルバイト先は、同世代はいないんです。30代以上のおじさんとおばさんばかりで、休憩時間も話はしません。でも、スーパーはこの緊急事態宣言発出中も営業していたので、生活費を稼ぐのに困りませんでした」

「そう。それは良かったわね」

俺はあいまいな作り笑いで返して、味噌おじやを啜《すす》った。じわじわと喉、食道、胃を熱が満たしていく。おじやが体を滑っていく。ほっとする食事なんて、人生で何度経験できるだろう。

「美味しいです。美味しい。ほんとに」

俺はそうつぶやいて、涙が決壊する寸前で顔を上げると、玄関のドアは開け放たれ、ハルさんはいなくなっていた。鍋のおじやの湯気が、春風に負けずに立ち上っていた。

「泣き顔を見せたくないって、伝わったのかな」

俺は独り言を言って、涙をこぼしながら食べ続けた。今度は、しょっぱかった。

それから6日間、ハルさんはおじやを作りに来てくれた。俺はぽつぽつと、自分の置かれた状況を話したり、故郷の話をした。ただ、ハルさんはあまり自分のことは話さず、聞き手に徹していた。そして、なぜかいつも俺が俯いた隙に帰ってしまっていた。


相変わらず授業はオンラインなので、俺は退院から一週間でスーパーのアルバイトに復帰した。人手不足だから戻ってくれて嬉しいと店長は笑ってバナナを差し出してくれた。厳しいばかりの店長と思っていたけど、ひょっとして心配してくれていたのだろうか。

「戻ったのか、ドジラ。しっかり働けよ」

　このスーパーの正社員の谷口《たにぐち》だ。俺が仕事に慣れない頃、ドジばかりするからって変なあだ名をつけたおっさん。妙に筋肉質のくせに、顔が薄くて印象に残らない。覆面レスラーの中の人ってこんな奴だろうか。たまに口を開くと嫌味しか言わない。どうせバイトを見下してるんだろ、と俺も谷口とは口をきかなかった。

　昼休憩は楽しくない。やり過ごす時間だ。体を動かしていれば頭は空っぽになり、孤独も不安も心に現れる時間が少なくなる。

　同世代の友達なんて、大学の対面授業が再開しない限り、できっこない。同じ山梨から上京した高校のクラスメイトは、対面授業が始まらない苛立ちから、アパートをいったん引き払って実家に帰ってしまった。それはまだいい。アルバイトしながら大学に行くつもりだった中学時代の友人は、アルバイト先の居酒屋が倒産して、大学も辞めてしまった。そんな状況で、俺は恵まれているのかもしれない。でも、誰とも遊べない毎日がこんなに苦痛だなんて、思ってもみなかった。人類が全て檻《おり》に入れられ、時々、疫病が檻からヒトを出して、食い殺す。そんな窮屈な毎日に、俺の精神も限界に近かった。まだこれなら懲役5年と宣告されて刑務所に入る方が、ずっとマシだ。終わりが見える。死にたい。やっぱり盲腸で死んでしまえば良かった。あの天井から下がっているフックから縄を吊れば、いっそのこと楽に……

「あなた、死にたいなんて考えてないでしょうね」

「ハルさん！」

俺はもう少しで店長からもらったバナナを吐き出しそうになるほど驚いた。

「ここは関係者以外立ち入り禁止ですけど！」

「休憩室じゃなくて倉庫で食事なんて、あなたの方がお行儀悪いんじゃない？」

ハルさんは俺をからかった。きっと、スーパーに買い物に来たついでに、俺がどこにいるか店員の誰かに尋ねたんだろう。

「まだ休憩時間あるかしら」

そう言ってハルさんは俺の隣の段ボールの上に座った。本当は追い出した方がいいんだろうけど、俺はなんだか嬉しくなった。

「まだ20分もあって、時間つぶしに困ってたんです」

「若い人は、なんだかせかせかしてるわね。私の子供時代は待つことに抵抗はなかったわ」

「ハルさんって、どんな子供だったんですか」

「そうねえ。やんちゃだったかしらね」

そう答えると、ハルさんは一枚の写真を財布から取り出して、目を細めた。そこには、小学生くらいの女の子が2人、肩を組んで写っていた。

「私もね、子供時代に甲府に住んでいたことがあるの。これは甲府に来た当時の私といとこよ。よく二人で木登りして遊んでたわ」

ハルさんは大事そうに写真をしまうと、俺の手渡した缶コーヒーを片手に遠い目をした。

「戦時中よ。まだ子供で、親戚宅があった甲府に疎開していてね。いつもお腹は空いていたけど、ほどよく都会で、ほどよく自然豊かで、大好きな街だった。でも、ある日、大空襲が起きたの」

「学校で習ったことがあります。終戦間際に、甲府が爆撃されたって」

モノクロの写真しか見たことはない。しかも、空襲の死者の数に小学生の時は背筋が凍ったが、その後に起きた東日本大震災や疫病の世界の死者数と比べたら、少なく感じてしまうようになっていた。

「もう戦闘機が飛んでいても、ああ、東京に行く途中だろうな、と感覚が麻痺していたの。同じ日本でも、ここは安全ってね。でもその日は違った」

俺は静かにバナナを食べ続け、ハルさんの次の言葉を待った。

「バケツリレーなんぞじゃ対応できなかった。命からがら逃げる人に押し潰されそうだった。何とか生き延びたけど、町中に死体が転がっているのを見て、ああ良かったなんてとても思えなかったわ。いとこのみっちゃんはついに見つからなかった。街は壊滅。残った建物もわずかよ。地図から街が消えた感じ」

あの写真の子、死んでしまったのか。だから今まで、ハルさんは俺が故郷の話をしても、頷くだけだったのか。甲府時代が辛すぎて。俺はどう返していいかわからず、無言でバナナの皮をビニール袋に突っ込んだ。ガサガサという音がハルさんの声を邪魔しないように。

「街が突然消える時は、建物だけじゃないのね。人間も消されている。それから終戦を迎えたけど、すぐに街も人も戦争前には戻れなかった。私はまだ10歳だったわ。あなたは、戦争を知らない子供たち、ね」

「いいえ、僕らは豊かさを知らない子供たちです。高度経済成長もバブルも歴史上の出来事です。日本が豊かだった時代を生まれてから一度も経験していない世代なんだと思います」

生まれた時には日本はもう貧しかった気がする。コンビニは街に溢れていて24時間明るかったけれど、シングルマザーとその子供、つまり給食しかまともな食事を食べられない子供が学校でじわじわと増加していた。

「しかも、天災や疫病の流行の時代に生まれてしまった。生まれただけで負けています。命の危険にさらされてきた世代です」

「でも、あなた生きてるじゃない」

そう言って、ハルさんは俺のおでこをピンとはじいて笑った。

「戦時中は、食べ物も配給制で情報も統制されて、毎日生きるか死ぬか、空襲警報に怯えて暮らしていたわ。将来の夢なんて考えもできない。その日を生きる確証も持てないもの。それに比べたら、今はずっとマシ。工夫次第で何でもできると思う。手洗いやうがいでB29から逃げられるかっての。バブル時代がうらやましいなんて言う豊かさを知らない子供たちは、本当の不自由さを知らない子供たちね」

俺は言い返せなかった。貧乏くじを引かされた世代だと嘆いていても、ハルさんのリアルな戦争体験の前では、駄々っ子の泣き声でしかないんだ。

その時、昼休憩終わりのアラームがスマホから鳴った。何も言えない俺は、休憩終わりに救われた気がした。

「すみません、もう休憩終わりで」

「やだ、お邪魔したわね。レジ打ちするの？」

「いえ、この段ボールを運んで行くんです」

「一人で？　誰かに頼りなさいよ」

「一人がいいんで」

俺はハルさんの目を見ることができないまま、脚立をのぼって一番高いところにある段ボールに手を伸ばした。その時だった。

「危ない！」

ハルさんの悲鳴が空気を裂くより先に、段ボールの山が崩れてきたのだ。しまった、一番上だと思った段ボールより上に、小さな段ボールがいくつも積まれていたのを見落とした。

「うぎゃあああ！」

さっきまで死にたかった俺は、また生きたくなって、情けない雄叫びを上げて尻餅をついた。そこへ段ボールが次々と襲ってくる、はずだった。

「はあっ⁉」

俺は目を疑った。あんな弱そうなハルさんが、次から次へと降ってくる段ボールを、右に左にぶん殴って跳ね飛ばしていた！

「ハルさん、あなた、一体」

歯の根が合わずガチガチしていると、

「おい、ドジラ何やってんだ！」

と背後で谷口の声がして、振り向いた。

「段ボール、段ボールが、お婆さんが」

俺はまるでのっぺらぼうにでも会ったかのように震えて、貧相な語彙力で状況を伝えようとした。

「は？　婆さんだ？　どこにいるんだよ、寝ぼけてんのか」

谷口が憎々しげに言い、俺は段ボールの山に目を戻すと、もうハルさんはいなかった。

「だから言ってるだろ、何でも一人でやろうとすんなよ。もし倉庫で一人で圧死してたら、俺も目覚めが悪いんだよ。ドジラなんだから、俺を頼れよ、まったく」

　そう言って、谷口は段ボールを運び始めた。

「中身がティッシュとトイレットペーパーだったから壊れてねえけど、箱が当たると痛いぜ。気を付けろ」

「はい、すみませんでした」

「素直なのも気持ち悪いな」

　谷口は悪態をつきながらも、目は笑っていた。

　俺と谷口が段ボールを運んでいると、店長がニヤニヤして、

「ほほう。いい相棒だねえ」

　と谷口の肩を叩いた。谷口はまんざらでもなさそうな表情をして、

「相棒って言うより、子分ですよ」

　と俺の頭を強く叩いた。パワハラじゃん、と思ったけど、店長も谷口も笑っているのを見たら、痛くなかった。

　一日働いて、家に帰ると少し踊って、眠るだけの毎日だ。まだ十分体力が回復していないこともあるが、起きても楽しいことがないと思うと、積極的に起きようと思えなかった。

味噌のいい香りがして、俺は現実に呼び戻されるようにぼんやり目を覚ました。

「いい加減起きなさい。もう昼よ」

「ハルさん！　鍵、かかってなかったですか」

いつの間にかハルさんが部屋にいて、鍋を持って俺の布団の前で仁王立ちしていた。俺は昨日の夜から何も食べていなかったことを思い出し、ハルさんの味噌おじやを3杯おかわりした。

「あなた、本当に放っておけない子ね」

「何にもできない世の中に疲れてるんです」

「ねえ、あなたは何のために東京に来たの。夢や目標があったから来たんでしょ？」

俯く俺の顎をぐっと掴んで上げながら、ハルさんがキラキラした目で尋ねてきた。

「笑わないでくださいよ」

「笑ってもいいじゃない」

「実は、プロダンサーになりたいんです」

そう言った途端、ハルさんは豪快に噴き出し、手を叩いた。

「あなた、M大に進学して、ダンサーって何よ。M大って、ダンス専門学校じゃなくてよ」

「大学はどこでも良かったんです。高校の時に弱小ダンス部にいたんですが、ダンスのワークショップで東京のプロダンサーが来て教えてくれて、それから本格的に東京でダンスがやりたくて、東京の大学に進んだんです。なのに、緊急事態宣言で、ダンススタジオもみんな休みになってしまって……今は、動画を見ながらこの部屋で踊るしかなくて」

ハルさんはさっきまで笑っていたのに、俺の泣きそうな情けない表情に同情したのか、真剣な眼差しにいつの間にか変わっていた。

「やることはやってるけど、真剣味がイマイチ足りないわね。エンターテイメントは甘くないわよ。どうせ、ダンサーになれなくても大学さえ出ていれば就職のあてはあるとか、甘いこと考えてるんでしょ」

ハルさんはインスタントコーヒーを作りながら上目遣いで俺を見た。

「私はね、戦後、今でいう六本木の近くで米兵相手にカクテル作っていたの。女性のバーテンダーなんて珍しかったから、お店では人気だったわ。そこではダンスのショータイムもあったけど、みんな真剣に芸を磨いていたわ」

納得がいった。ハルさんがどうしてこんなお婆さんになっても垢抜けた雰囲気なのか。きっと夜の街で輝いていた名残だろう。

「ただ振り付けだけを真似るのじゃ駄目よ。そんなの猿真似って言うの。どうせ、アメリカ人がやるようなダンスをやってるんでしょうけど、あの人たちは生まれつきのリズムが盆踊りリズムの日本人とは違うのよ。そして、身体の使い方だって、そのリズムに乗せて動くんだから、根本的に違うのよ」

「俺はヒップホップもジャズもハウスも得意ですよ」

日本人だって世界的なダンスの大会で優勝しているし、小さい時から親の影響で洋楽に親しんできた俺は盆踊りしか知らないわけじゃない。初めから決めつけるのは日本人差別じゃないか。

憮然《ぶぜん》とした表情の俺を見て、ハルさんはフフフ、と不敵な笑みを浮かべて立ち上がった。

「では、2週間後の午後7時、私の知り合いのアメリカ人たちにあなたのダンスを見てもらうわ。それで自分への正当な評価を知りなさい。その頃には、もう体調も良くなってるでしょう」

「ちょっと待ってください、政府が集会を禁止しています。人が集まるところは疫病の感染リスクが高くて危険ですって」

うろたえる俺を見て、ああそうね、今のご時世はね、とハルさんは少し考えて、

「じゃあ、ウェブ会議システムを使うわ。私のスマホで友人たちのいる場所とこの部屋をつなぐ。それまでしっかりアルバイトと勉強もなさい」

俺の返事を待たずに、艶然《えんぜん》と微笑んで、ハルさんは消えるように風に乗って部屋を出て行った。今日も鍋の片づけはしてくれないんだな。俺は優しいような、突き放すようなハルさんの背中を見送りつつ、これまでにない闘志が湧き上がるのを感じていた。退院後も

時々残っていた腹痛は、ゲリラ豪雨の後の青空のようにすっきりとして、記憶の彼方に消えていた。

昼休憩を倉庫で取るな、地震が起きたら死ぬぞ、と谷口に言われたので、段ボール事件後は休憩室の一番目立たない場所でスマホをいじりながら弁当を食べるようになった。谷口とはちょくちょく話すようになったけれど、谷口は正社員同士で昼休憩に外食するので、休憩室はパートのおばちゃんたちで占拠されている。俺は居辛くて、見たくもない動画を見て、知らない人のSNSを見る。何も楽しくないし得るものもない。ただ、弁当をあっという間に平らげてマスクを装着した途端、マシンガントークを撃ち合うおばちゃんたちと目を合わせたくなかった。スマホは持つだけで隠れ蓑となる。

「ねー、電磁的青年集団のジョナってどうしてファンが他のメンバーより少ないのかしら」

「北川《きたがわ》さん、ジョナ推し？　私はイナフの方が好き。顔が好きなのよ〜」

ふと、イヤホンを外した瞬間におばちゃんたちの話が聞こえてきた。K－POPのグループの話をしている。

「ジョナって、顔は他のメンバーほど派手さはないけどさ、踊る時が最高なのよ！」

北川さんの声が大きくなる。顔も赤い。

「分かります」

　俺がぽつりと声を出すと、あんなに大きな声でしゃべっていたおばちゃんたちが一斉に振り向いたので、もう独り言ではなくなってしまった。

「ジョナは、一番ダンス歴が長いんです。3歳の頃から本格的に習ってる。だから、一番体幹ができてて、ターンでも絶対ぶれないんですよね」

　一瞬、おばちゃんたちが俺の顔をまじまじと見た後、堰き止められていた水が一斉に放出されたように、歓声が上がった。

「そうなのよ、ジョナは必ず間奏の部分でセンターに来るのよ！　やっぱり、ダンスが上手いと思った私って見る目あるわね！」

「やだあ、桜橋くん、電磁的青年集団知ってるのね！　イナフが出た映画も観た？　殺し屋の役なんだけど、セクシーすぎるわよね！」

「やっぱりジョナはダンスでは一番なのね！　いつもセンターのシンも、歌は一番上手いけどダンスパートは後ろに下がるのよ！」

　口々に北川《きたがわ》さん、竹内《たけうち》さん、神山《かみやま》さんが電磁的青年集団のそれぞれの推しの話を始めたので、俺はどこから拾おうか迷ったけど、順番にそれぞれの推しメンの良さを肯定した。

「桜橋くんがこんなにK－POP詳しいとは知らなかったわ！　もっと早く言ってくれたら良かったのに！」

「そうよ、いつも話しかけちゃいけないような感じだったから遠慮してたけど、ジョナの話ができる人だったなんて、嬉しい！」

「どの曲の振り付けが簡単か、教えてくれる？　外出原則禁止になってからジム行けなくて運動不足で太ったから、踊ってみたいのよ」

三人はこれまでにない距離でグイグイ攻めてきた。

その時、昨夜アパートの前でばったり会ったハルさんと話したことがはっきりと聞こえてきた。まるで録音を再生するように。

『あなた、アルバイト先でまだ十分打ち解けてないでしょ？　私みたいなおばあさんとも話せるじゃない。自分で壁を作ってないで、とりあえず話しかけてみなさいな』

そう言って俺の返事も待たずにつむじ風と共に暗闇に消えていった。その時は、正論はウザい、きれいごとでしかないんだよと心で反発したが、正論はやっぱり正論だった。

壁を作っていたのは俺の方だった。おばちゃんたちじゃダンスの話ができないなんて、決めつけていた。孤独な自分に酔っていたのか？　人恋しさと自意識の高さが拮抗していたなんて、馬鹿らしい。

そんなことを考えているうちに昼休憩が終わり、「またゆっくり話そうね」と言いつつ、俺も三人も持ち場に戻って行ったが、不思議なことに、俺はこれまでになく笑顔で客に接することができた。そして、おばちゃんたちをカタマリではなく、北川さん、竹内さん、神山さんと初めて名前で認識した。

打ち解けたら、仕事もスムーズに運ぶ。仲良くならなくても、自分のやるべきことさえやっていれば仕事は進むと思っていたけど、ちょっとしたことを連携するにも、昼休憩の会話の効果は絶大だった。


約束の期限が来た。あれから俺は曲をどうしようか迷い、曲が決まってからは振り付けで悩み、自分の姿を動画で撮っては問題点を見つけてやり直す、という作業を繰り返していた。振り付けは丸ごとコピーしても良いのだが、それじゃ芸がないとハルさんに失望されそうで、オリジナルのものを考えた。といっても、自分のできる動きしか上手にできないから、振り付けはオリジナルが良いのだ。

普段着で踊るのもつまらないから、ネットで衣装を揃えてみた。普段着で絶対着ない、真っ赤なパーカーやブラックのサルエルパンツ、ゴールドのスパンコールのちりばめられたキャップをかぶるだけで、部屋がニューヨークの空気に変わったようで、気分がこれまでになく「アガル」のを感じ、鳥肌が立った。鏡に映る自分が、憧れていた黒人ダンサーに見えるほどだ。俺は誰よりも踊れる。世界一だ。そんな気がして、緊張の方の意味の「アガル」は掻き消えた。

「あら、準備できてるわね。いいじゃない」

不意にハルさんが鏡越しに見えて、慌てて振り返った。また俺は鍵を掛け忘れたのか。うろたえる俺をニコニコ見ながら、ハルさんはスマホをクラッチバッグから取り出した。

「年寄りでもね、スマホも使えるのよ。ウェブ会議のアプリも入れているから、これ使って今から中継するわね。……ハローー！」

「やあ、ハル。今日は楽しいショーを見せてくれるんだって？」

スマホから、少し電波が遠いような、英語が聴こえてきた。

「そうなのよ、こちらの男の子が皆さんにダンスを披露してくれるわ。まだまだ素人だから、悪いところは指摘してやってね」

「おいおい、俺たちはプロダンサーじゃないぜ」

「専門的なことは分からねえなあ」

「そこが良いのよ。素人が見てもつまんないものは専門家に見せるまでもないでしょ」

「相変わらず、ハルはきついなあ」

たくさんの笑い声がする。ハルさんに自己紹介しなさい、と促されて画面を覗きながら月並みな「マイネームイズユウヒ」という挨拶をした。いかついアメリカ人たちが、軍服らしき服を着て、バーに集まっているのが見えた。日本にもある、アメリカ軍の基地内だろうか。それとも、アメリカ本土だろうか。すでに酒盛りが始まっているらしく、軍人たちは少し顔を赤らめて自己紹介にさえ笑い転げていた。ここにきて、ちょっと足に力が入らなくなってきた。さっきまでの「アガル」気持ちが緊張にすり替わっている。

「さあ、ショータイムの始まりよ」

心の準備もそこそこのまま、ハルさんに煽《あお》られて、俺はスマホをスピーカーに繋ぎ、音楽をかけた。ハルさんは、スマホを構えて俺に片目を閉じて見せる。

「レッツ・ゴー・ユウヒ」

俺は覚悟を決めた。

マイケル・ジャクソンの『Smooth Criminal』が部屋を超え、スマホ越しに軍人たちに届く。俺の手がまとわりつく重力を激しく振り払い、指の一本一本が音を捕まえに行き、胸の上げ下げで空気を混ぜ返し、腰の捻りで空間を自由に操り、足先で床を叩いて踏み抜き、脚を忙《せわ》しなく曲げ伸ばして地を這い、天に伸び上がり、俺は地上も天上も支配した。

筋肉に鼓動が響き、呼吸はどんなに荒くとも規則正しく吐き出され、首を回して汗が飛ぶ愉悦を感じた。頭の中ではカウントを取って音に遅れないようにしなければならないのに、いつの間にか聞こえてきた電子化された「フォーウ！」という歓声とマイケルの歌声が気持ちよくミックスされ、そこにしかないリミックス音の中、俺は音の奥の奥に潜って、ここにいないはずの観衆と一体化し、混沌の中で閉じ込めていた全ての感情と共に肉体が爆発していた。今、地球上には、俺の踊る肉体と、それを取り込もうと夢中になっている観衆しかいない。俺は観衆をどんどん煽り、観衆がそれを見て今度は俺を煽り返す。お互いにどこまでの高みに昇りつめるのか、リミットをまるで捉えられない。一人で踊っていた時にはまるで感じられなかった領域に、自然と、そして予めこれが運命だったかのように、俺の魂は深く踏み入れていた。

そして、ついに最後の一音が鳴り終わった。

最後のポーズのまま、躍動を止めた肉体に、甲高い歓声と大きな拍手が降ってきた。

「ハル、しっかり電話を持てよ」

「持ったまま拍手するとブレるだろ」

ハルさんが、涙目になって拍手を送っていた。

「まず、水を飲みなさい」

ハルさんから手渡されたペットボトルを受け取り、その時になって俺の頭はやっと体の重さを受け入れ、さざ波のように疲労が広がっていき、操り人形の糸が切られたように、膝から崩れ落ちた。

「やりきったわね」

ハルさんは、自分が快挙を成し遂げたかのように誇らしげに顔を上げた。

「ユウヒ、君はなかなかのダンサーだ」

「こんなに興奮したのはティーンエイジャー以来だぜ」

「手に持ったグラスの酒を飲むのを忘れちまったよ、それだけ目が離せなかった」

口々に軍人たちは俺に熱い言葉をかけてくれた。俺はゼエゼエと喉を鳴らしながら、何度も心からサンキューを絞り出した。

「ねえ、大佐はどうだった」

ハルさんが話しかけた。

「そうだなあ」

バーの奥に腰かけていた、左頬に大きな傷のある男性がカメラに寄ってきた。

「確かに、技術はまだまだだ。ターンで時々大きくブレる。体も硬いところがある。足と違う動きを手がするところは難しそうだ」

的確に言われた。俺の苦手とするところをあますところなく見られていた。途端に、さっきまで熱くなっていた自分が独りよがりであった気がして、恥ずかしさが蛇のように、足先からよじ登ってきた。

「しかし、エンターテイメントとしては最高だった。それは、君にパッションがあったからだ。どんなに技術が優れていても、それをただひけらかし、観客に自分の技術を見ろと命令するようなダンサーは、最低だ。ダンスのコンテストでは一位になれるかもしれないが、人を感動させるダンスではない。大切なのは、いかに観客を楽しませるか、それだけだ。実はとてもシンプルなのに、それを見失っている者は多い。技術を磨くことに必死だ。君は、自分が楽しみながら、我々の反応を感じ取り、さらに高めてくれた。それは天性の才能だ。技術はこれから磨くことができる。しかし、パッションは磨こうと思って磨けるものではない。君はダンスが好きなんだろう？　その気持ちを忘れなければ、パッションも消えることはない。今夜はありがとう」

　大佐が言い終わると、軍人たちからひときわ大きな歓声が上がった。

「最高だったぜ、ユウヒ。俺たちも踊りたくなってきた。ダンスタイムといくぜ」

　画面の奥から派手な音楽が聞こえてきた。

「大佐は、戦争がなければダンサーになりたかったって言ってた人なのよ」

　ハルさんが耳打ちした。

「じゃあ、ここで切るわね。みんなありがとう」

「ハルも、近いうちにこっちに来いよ」

「もちろんよ。いつでもどこでも行けるわ」

　ハルさんは手を振って、ウェブ会議を終了した。ただスマホ画面でつながっていただけなのに、軍人たちの煙草や酒の匂い、豊満な夜の空気が俺の部屋に充満していた。

「良かったわね、雄飛。一人で部屋で踊っているだけじゃ、本物のダンサーにはなれないわ。人の目に触れて初めて、身体の動きが心を動かすのよ。他人も、自分もね」

　俺に二本目のペットボトルを渡しながら、ハルさんは言った。とてもお婆さんとは思えない、熱を帯びた瞳だった。

「答えが出ました」

まだ肩で息をしながら、俺はハルさんに笑いかけた。

「しばらくは、オンラインでダンスのレッスンを受けて、先生に俺の踊りを指導してもらいます。そして、ダンス動画をSNSや動画サイトにたくさん投稿します。録画じゃなく、ライブ配信もやって、見てくれる人の鼓動を感じて踊りたい」

ハルさんはうんうん、と頷きながら、

「今できることをやりなさい。今しかできないことをやっている者は、明日が見えないいってくすぶっている者より強いわよ。そのうち前の時代に戻るだろうなんて、考えるのは楽観的すぎるわ。戦後は戦前とは違う世界が広がっていた。それと今回も同じかもしれない。以前の世界に戻ることを期待するより、現在の現実に即応しながら生きなさい。81歳の私の経験談を信じてみなさいよ。もう死にたいなんて、言うんじゃないわよ」

そう言って、まるで小さな子にするように、頭をポンポンと撫でて、部屋を出て行った。

俺はなぜか無性に窓が開けたくなって、ベランダへ続く窓を開けたら、強い風が吹き抜けていった。風の色は、青だと感じた。


それからしばらくは、この2週間放置していたオンライン授業のレポート作成が忙しく、そのうえにバイト先の北川さん、竹内さん、神山さんに昼休憩にダンスを教えたり、オンラインダンスレッスンを受けたりと、あっという間に毎日の空白は埋まっていき、寂しさが前ほど首をもたげなくなっていった。顔は合わさなくても、どこかでハルさんが見てくれている気がして、ハルさんを見かけなくても気にならなかった。

あの熱狂のダンスの披露の日から1か月が経ち、新作の振り付けも形になりつつあったので、そろそろハルさんに見てもらおうと思い、スーパーで買ったどら焼きを手土産に、俺は少し照れながら103号室のインターホンを押した。

ドアが開いた途端、俺は固まった。顔をのぞかせたのは、まるで彫刻のように彫りが深くて美しい、若い黒人男性だった。俺がなりたいと思っている、背の高さ、手の大きさ。俺はつい見惚れてしまい、声が出なかった。

「君、誰。俺に何か用？」

彼が不審そうに俺を見るので、俺は慌てて口を開いた。

「あ、あの、こちらに丸山春子さんは」

しかし、自分のことは何も言えず、質問に対する答えになってねえ、と心の中で叫んだ。するとと彼は、さっと顔色を変えてたじろいだようだったが、それから一瞬、口の端でニヤリと笑い、まあ上がれよ、と俺を部屋に招き入れた。俺はハルさんの姿を探したが、部屋には、他の人の気配はなかった。

「また出たんだな。この4年で7度目だ」

彼は巻き毛をぐしゃぐしゃと掻きながら困ったような、楽しむような顔をした。

「どういうことでしょうか」

「あのな、俺は斎藤《さいとう》ケンヤっていう、農業大学の4年生だ。大学1年からこのアパートにいる。丸山春子っていうのは、俺の引っ越してくる前にこの部屋に住んでいた人らしい。101号室に大家が住んでるだろ。俺は大家から聞いた」

「じゃあ、ハルさんはもう引っ越しているってことですか」

俺は、背筋に一筋の汗がカタツムリのようにゆっくり流れているのを感じていたが、声を震わせないように尋ねた。

「俺が引っ越してくる3か月前に、倒れて入院して、2か月ほど入院したのちに、病院で亡くなったそうだ。だからここは事故物件ではないって、大家が力説してたよ」

飲むか、と尋ねられたので反射的にはい、と頷いたら、手軽な缶ビールではなくいきなり一升瓶を出され、ギョッとした。そういえば、この部屋には居酒屋のように日本酒の瓶が整然と並べられている。日本酒を注ぎながら、ケンヤは淡々と語った。

「それから不思議なことが何度もあった。近所の住人が俺の部屋に来ては、ハルさんはいますかって言うんだよ。自分はハルさんに助けられた、お世話になったって。そんなことが続くから、ああ、前の住人が世話焼きおばさんだったんだなって最初は思ってたんだけど、助けられたのは最近だってみんな言うんだよ。大家に聞いたら、その人は俺が引っ越してくる前に亡くなっているって言うから、時期が合わねえなって」

俺は目の前に出された酒を一気に流し込んだ。あまりに急いだので、案の定むせた。

「大家が言うには、生前はあまり近所づきあいしない人だったそうだ。夫を亡くしてからは子供と同居せず、一人でこの部屋を借りていたそうだが、近所の人には挨拶もしなかったってさ。それなのに、倒れたのがこの近くの銭湯で、近所の人が協力して蘇生しようとしたり、救急車呼んだり、入院後も見舞いに来て身の回りの物を届けてくれたって。それで、もっと近所の人に親切にすれば良かったって最期まで後悔してたらしい」

おせっかいかしら、と言いつつ俺に良くしてくれたハルさん。命の恩人でもある人が、亡くなっていた？　俺は状況が呑み込めなかった。ひょっとして、全ては俺の妄想だったのか。自分で救急車呼んで、自分でおじや作って、ダンス動画を作っただけではないか。いや、待て。俺の部屋に味噌なんてない。しかし、ハルさんのおじやは、味噌味だった。

「俺は、ハルさんに助けられたんです。命だけじゃない、これからの生きる道も示してくれた。戦争体験を語って、俺の置かれている状況は絶望的ではないと諭してくれた」

「俺は幽霊なんて信じてなかったけどさ」

ケンヤは立って台所に行って、ぬる燗《かん》を作りながら振り向いた。

「死ぬ直前になって、誰かの役に立ちたいって思いが人一倍強くなったんじゃないかなあ。成仏できないとかそういうんじゃなくて、ほっとけなくて出てくるんだろ。それを怖いとか言っちゃいけないような気がする。受け止めてやりなよ、その人の親切をさ」

あのアメリカ軍の兵士たちも、生きていたのか、死んでいたのか、それすら分からない。ハルさんがスマホでつないでいたのは、何十年も前のバーだったのかもしれない。しかし、そんなことは問題ではない。俺は、確かにあの人たちとダンスを通じて、魂を揺さぶりあい、とんでもない高みへ到達した。それだけでいい。彼らの正体が何であっても、大事な俺の観客であることに変わりはない。そういえば、英語が堪能でない俺でも、彼らの英語が全て理解できたのは不思議議だが、そんなことは些末なことだ。

「大学卒業したら、この部屋を出るから、次の住人もうまくハルさんとやらのことを説明してくれるといいんだがな」

ケンヤが困った顔で笑った。

「就職ですか」

「まあ、一応な。食品メーカーの内定もらってさ。小さいところだけど。それもこの不況じゃ、内定取り消しもありうるかもな。それでもいいけど」

内定取り消しだなんて、恐ろしい出来事のはずなのに、ケンヤはどこかそれを望んでいるかのように、目が笑っていた。

この日以来、俺はケンヤと仲良くなり、たびたび彼の部屋に遊びに行くようになった。傍らには、いつもケンヤが集めた日本酒があった。ケンヤは、本当は日本酒造りをしたいと打ち明けてくれた。俺もケンヤも、お互いのなりたいものにどうやったらなれるのかアドバイスできなかったけど、会うたびに夢を語り合った。その夢は社会情勢や自分の忙しさに振り回され、大きくなったり、小さくなったりした。

ある夏の日のことだ。朝から風が強く、雨まで降ってきて、まるで嵐のような一日だった。俺はスーパーのバイトが夜に終わり、ビニール傘を必死で盾にしながらバタバタビニールの音を鳴らして帰ってきた。すると、俺の部屋の鍵を開ける音を聞いて、ケンヤが103号室から飛び出してきた。

「おい、ちょっとうちに寄れよ」

ケンヤは慌てすぎたのか、素足だった。

「どうしたんですか」

俺はさっき鍵を開けた自分の部屋に鞄を投げ込むとまた鍵を閉め直し、ひさしから伝う雨水を16ビートのリズムで避けながらケンヤの部屋に走り込んだ。

「俺、山形に行くことにする。いや、山形が無理なら、茨城でも滋賀でも佐賀でもいい」

「ちょっと、何言ってるんですか」

全く話が見えない。土地のバラバラさに何の共通項も見出せない。いつもなら、まずは日本酒を出してくるケンヤが、それすら忘れて話したがっている。

「ハルさんの弟に会った。秋雄《あきお》さん」

「ここへ来たんですか」

「ああ。これまでの姉の非礼を詫びに来たって。それだけじゃない、俺と同じ、黒人の父と日本人の母を持つ男性も一緒だった。まあ、厳密に言えば俺は母親がケニア出身で父親が日本人だから、逆だけど」

ケンヤは、息を弾ませながら早く話してしまいたい、という様子だったので、俺はそれ以上口を挟まないことにした。

「前に言ったけど、俺はバスケの推薦で、特に興味もなかった大学に入った。だが、身長だけじゃ上にはいけなかった。やることのなくなった農大で発酵について真面目に研究し始めたら、ハマってしまって。日本酒って、作るのは化学なんだよ。杜氏《とうじ》は同じことを繰り返すんじゃない、研究者であって職人、そしてクリエイターなんだ。俺は杜氏になりたい、そう思っていた。でも、子供の頃からこの見た目で日本人として扱われなくて、伝統的な日本の食文化を担う杜氏になりたいなんて言い出せなかった。そこへハルさんの弟と友人だ」

ケンヤは、スマホで秋雄さんとその友人と撮った写真を見せてきた。

「この秋雄さんの友人って人、創業百年を超える純和風の旅館の社長をしているそうだ。初めは旅館の後継ぎ娘との結婚に反対されたりもしたそうだが、今では赤字だった旅館を黒字転換させてる。その人が言ったんだ、見た目だけで夢をあきらめるなって」

恰幅のいい男性が、人懐っこそうな笑顔で写っていた。確かに、こんな人の経営する旅館は、誠実であったかそうだ。

「俺、やっぱり杜氏になる。まだ誰からも杜氏にはなれない、向いていないなんて言われたわけじゃない。自分でリミットを決めてしまっていただけだって気付かされた。内定はもう断る。酒蔵をあちこち回って、蔵人《くらびと》になれないか、まずは頼む。酒蔵が無理なら、杜氏組合に相談する。じっとせずに動いてみるよ。もう迷わない」

「良かったです。あなたも会えて」

俺は小さくつぶやいた。ケンヤは思い出したように、そうだ、乾杯だ、と小走りで部屋の奥に酒瓶を取りに行った。

スマホには、秋雄さんという人物は写っていなかった。友人の男性と、ケンヤの二人だけが写っていた。秋雄さんがいたと思われる一人分のスペースが、不自然に空いていた。

ケンヤはテンションが全く下がらず、さんざん飲んで、「この酒蔵はどうかなあ」、「この杜氏さんがすごいんだよ」、という話をし続け、俺は相槌を打つうちに、ケンヤの嬉しさが伝染して、気持ちがふわふわしてきた。

部屋に戻ると深夜3時だった。明日はオンライン授業は午後だけだし、バイトも珍しく夕方からだ。水を飲もうとして台所へ行き、そのまま顔を洗って、頭から水を浴びた。

俺は、ケンヤに初めて会った翌日、大家さんの部屋に行き、ハルさんの話をした。その時、大家さんは言ったのだ。ハルさんは9人きょうだいの末っ子だ。弟はいない。

「すげえな、ハルさん、男に化けたか」

俺は頭をタオルでゴシゴシこすりながら誰もいない部屋の空間に向けてつぶやいた。

スマホで調べると、老舗旅館は存在したし、その社長もケンヤと写真を撮った人物で間違いなかった。彼は生きている。彼の経歴が書いてあったので読んでみると、父親がアメリカ軍人で、横須賀基地で勤務していた時に日本人女性と知り合い、結婚したそうだ。

「ハルさんは、この社長の父親と知り合いだったのかな」

ハルさんの返事があるような気がして声に出したが、部屋には窓から入る暗闇が伸びてぴくりともしない。

「ほんとに、おせっかいなお婆さんだ」

生きている人の人生を変える死者なんて、信じられない。もうあなたの人生、終わってるんですよ？　だが、死者に心配されるほど、俺もケンヤも明日が見えなかった。明日が見えないなんて当たり前のことで、見える方がおかしいのだが、どうも人間は明日の予測を確証に変えて、平穏あるいは今日より幸せな明日が来ると思い込まないと安心して息もできない性質なのだ。つまらない毎日を壊したいなんて言いながら、いざ毎日のルーティーンが崩れたらそれだけで不機嫌になる。こうなるはずの未来なんてないのに、やれ想定外の出来事だとか非常事態が起きたなんて慌てふためく。パラレルワールドでは俺はダンサーだとか妄想して、夢を簡単に金銭と天秤にかけて捨てる。子供の頃は夢を持っていることを褒められたのに、高校くらいから将来の夢は公務員ですと言う奴が優等生となる。俺もケンヤも、無難に生きることが賢いという価値観に飲み込まれていた。しかし、現時点で定めた将来なんて、将来には過去の遺物だ。10年後には、せっかく入った県庁が財政破綻し、ダンサーの方が仕事がいっぱいあって良かった、なんてことになっていないと、誰が言い切れるだろう？

そんなことを考えていたら、いつの間にか眠ってしまった。久し振りに見た夢の中で、20代のハルさんと俺はクラブではなくディスコで踊っていた。傍らでは、ケンヤがなぜか羽織袴で日本酒カクテルを作っていた。

春一番が吹いて、俺が東京に来て一年が来る頃、大学を卒業したケンヤがアパートを出て行く日が来てしまった。山形の小さな酒蔵で、修行させてもらえることになったそうだ。疫病の流行は落ち着いたりまたぶり返したりで、相変わらず先は不透明だった。

「一度、廃業した蔵を別の蔵が買い取って、復活させるから人手が必要だって。まあ、俺みたいなエキゾチックな超イケメン杜氏がいることも宣伝になるだろうしさ」

「まだ杜氏じゃないでしょ、お弟子さん」

俺がからかうと、そうだった、とケンヤは白い歯を見せて笑った。これまで、何度もケンヤと飲んできたけど、ここまで大きく口を開けて笑ったところを見たのは初めてかもしれない。

「まずは酒造技術者の2級を目指す」

「頑張ってください」

「お前こそ、バイトとダンスばっかりで留年するなよ。こないだの、『バイト先のおばちゃんと電磁的青年集団踊ってみた動画』と『覆面レスラーとゴジラのテーマで踊ってみた動画』、どっちも最高だったけどな」

毎日のように会えなくなるのは寂しい。しかし、SNSで繋がれる世代に生まれたのは、幸福だと思う。お互いの活躍が、指先一つで伝え、伝わるのだから。

バスが来た。大きな荷物をがっちりした肩に抱え、さらにスーツケースをガラガラと鳴らし、ケンヤはちょっと不安そうにバスに乗り込んだ。このバスは、山形駅行きではなく、とんでもなく果てしないケンヤの夢の始まりまで、彼を連れて行く。

俺たちの住んでいたアパートには、もうケンヤは戻れない。実家でもない、学生時代のアパートなんて、渡り鳥が一瞬、羽を休めた海に浮かぶ枝のようなものだ。

バスが走り出す、その時だった。バス停の向かいの道路に、大漁旗を振る人物が見えた。ケンヤも驚いて窓に張り付いて凝視している。旗で顔がよく見えないが、見覚えのあるラメの入った紫のショールが大漁旗と一緒に翻っている。俺は慌ててスマホを取り出し、ケンヤに素早くメッセージを送った。

「ハルさんだ」

ケンヤからは、

「なんで旗ｗｗｗ」

と秒速で返ってきた。バスが大きく角を曲がった時、物凄い突風が吹いて、一瞬目を閉じた隙に、大漁旗もハルさんも消えていた。

俺は変わり者と思われても構わないと、最近になって習得したハウスのステップをその場で踏んで、誰もいなくなったバス停で踊っていた。

現^{あら}ペン神^{がみ}

現ペン神

あら　　がみ

その日、彼女は初めて、確かに、神を見た。

神はペンギンの姿をして、円柱型の水槽を泳ぐでもなく、息継ぎさえせずに浮かび、ただひたすら、ガーネット色の丸い眼で彼女を見つめていた。その眼には、慈愛の光が宿っていた。

水槽には、他のペンギンも泳いでいたが、このペンギンだけに冬の終わりの黄色い陽射しが当たり、まるでこのペンギンのみが太陽の恵みを一身に集めているようであった。その陽射しが当たる胸には、五芒星の形にほくろのような黒い斑点が並んでいた。

矢部《やべ》新菜《にいな》は、その場で泣き崩れた。誰も他の客がいない水槽の前で、生まれたばかりの赤子のように、声を上げて泣いた。その姿を、じっとペンギンは見つめていたかと思うと、旋回するように泳ぎ始めた。

「にいな、にいな」

名前を突然呼ばれ、顔を上げた新菜の目の前で、そのペンギンは水槽をコツコツと三回ずつ、くちばしを器用に使ってリズミカルに叩いていた。その音が、まるで新菜の名前を呼んでいるようだった。

「うまくいかないの、何もかも。私、何もしてないのに、どうしても駄目なの」

新菜はたまらずペンギンに話しかけた。すると背後から、

「どうされましたか、具合でも悪いんですか」

と、今度は人間の声がした。慌てて振り向いた先に立っていたのは、「さざなみ動物遊園ＳＴＡＦＦ」と書かれたジャンパーを着た、髪の長い小柄な若い女性だった。

「ごめんなさい、ペンギンを見てたらなぜか……全ての感情が溢れてしまって。いい大人が、お恥ずかしい」

そう言って水槽の前を慌てて離れようとした時、右足首に激痛が走り、「うっ」と小さな悲鳴を上げて、新菜は座り込んでしまった。

「やっぱり、スタッフルームまで行きましょう。簡単な薬ならお出ししますから、僕に掴まってください」

いつの間にか小柄の女性の後ろから背の高い男性が現れ、新菜に肩を貸した。

「捻挫《ねんざ》、ですかね。折れていたらいけないので、タクシー呼びましょうか。ふもとの病院なら整形外科もあるので、そちらに行かれたらどうでしょう」

「いいえ、折れてはいないと思います。ご迷惑おかけして申し訳ございません」

　新菜は、動物園のペンギン水槽の裏にある目立たないスタッフルームで先程の女性に湿布をもらいながら謝った。背の高いスタッフの男性、武田幸人《たけだゆきと》は、いつの間にか新菜の荷物も運んで来てくれていた。武田は動物園スタッフと思えない華やかな容姿で、新菜は自分がかつて応援していたヴィジュアル系バンドのボーカルと彼を重ねて、ふと心が緩んだ。

「これ、登山用品ですよね。今日は登山の帰りですか」

　リュックをパイプ椅子の上に丁寧に置きながら優しげに目を細めて武田が尋ねてきたので、新菜はどうしても話したくなってきた。

「実は、正社員目前で派遣切りに遭ってしまいまして。同棲していた彼氏にも逃げられました。気分転換に、初めて東北の山を登ろうと思って来たのは良いんですが、久し振りの登山で体がなまっていたのか、登山道入り口付近で転んで、足を捻挫してしまったんです」

「まあ、捻挫したのに『さざなみ動物遊園』へわざわざ？　結構、うちは広いから園内歩きますよ」

　湿布を出したスタッフの女性、本宮桃花《もとみやももか》が驚いた表情で尋ねた。

「助けてくれた地元の登山グループから、バスで行ける日帰り温泉があるからそこで休んだら、と提案されたんですが、それが……」

「あ、さざなみの湯ですね。メンテナンスで今月いっぱいお休みなんです。うちの動物園の系列の経営です」

「そう。そこです。お休みで途方にくれました。帰りの電車まで何時間もあるし、さざなみの湯から近い、この動物園に寄ってちょっとだけ見て回ってから座っていようと思っていたら、お腹に☆の模様のペンギンがいて、私を見つめていたので、なんだかこれまでの悲しいことが涙に変わってしまって……あのペンギンは、なんていう名前なんですか？」

うんうんと頷いていた本宮が、スタッフルームに貼ってあるカレンダーを指さした。

「あの子は、ケープペンギン・ナンバー33です。うちでは、ペンギンには基本的に名前を付けていなくて、番号で管理しています。しかし、うちの動物園の一番人気のペンギンで、いや、うちの動物園の象徴かな。とにかく、象やライオンを差し置いて大人気の子です」

そこには、先程のペンギンが星模様の胸を張ってこちらを見つめている写真がカレンダーになっていた。本宮は、まるで自分の子供の入学式の写真を見せる親のように、誇らしげに顔を上気させて熱く語った。

「先輩、自分が育てたから特別可愛いんやろ」

奥から、コーヒーカップを持った眼鏡の女性がひょっこり顔を出した。

「ササは、人工育雛《いくすう》なんよ。子育てに不慣れな両親がうまく育てられんかったので、生後すぐに人の手で育てられました。だから、人懐っこいところがあるっちゅうか、なんか人間臭いところがあるんよね」

新菜の目の前に「どうぞ」とコーヒーカップを置きながら、眼鏡のスタッフ・田淵《たぶち》亜里《あり》沙《さ》はにこやかに説明した。東北で聞く関西訛りは違和感がありながら、ほのぼのと温かみがあった。

「ササ？」

「ええ、ナンバー33じゃ呼びにくいので、私たちスタッフや一部のファンは33をササって呼んでいます。あの子は、生後2か月頃から、当園のイベントの広報に登場して色々な衣装を着こなし、これまでにない数のお客様を呼び込んでくれた、救世主なんですよ」

そう言って、本宮はカレンダーをめくった。そこには、サンタクロース、着物、野球のユニフォーム、シルクハットなど、様々な衣装を着たペンギンの姿があった。

「この衣装、みんな僕が作ったんですよ。ペンギン用の衣装なんて、市販品がないので」

武田が今度は胸を張った。

「え？　手作りなんですか！　可愛い衣装ばかり！」

新菜が大きな声で驚くと、武田は照れくさそうにしつつも鼻の穴を膨らませて喜んだ。

「これはお客様から募集した写真で作った、ササのカレンダーなんです。発売から1か月も経たないうちに、完売しました」

「分かります……こんなにペンギンが可愛いって思ったことない。なんて特別な子なんでしょう。私を励ますように水槽をコンコンと何度も突いてくれましたが、よくする行動なんですか？」

そう言うと、三人は、はっと顔を見合わせた。

「いいえ、そんな行動初めて聞きます。私たちも見たことない……」

「きっとササはホンマにお客様を励ましたかったんよ。めっちゃ辛そうにされとったから。動物って、人間の心の奥まで見とるんです」

田淵が新菜に向き直って真剣な表情で力強く言った。その一言で、新菜はあのペンギンの瞳に浮かぶ透き通った光を思い出した。全てを見透かし、包み込む瞳。世の中の汚さを濾過《ろか》したような光の反射。嘘ばかりついて仕事をせず、挙句に新菜の貯金をほとんど持ち逃げした彼氏の、濁っているのにギラついた瞳とは全く異質なものだった。それは、ビー玉などの人工物より遥かに完成されていた。

「ササ……今日は君が私をここに導いてくれたのかな……」

新菜は閉園時間までササを眺め、別れ難いと何度も手を振り、東京に戻った。


彼氏から隠していた唯一の通帳には、幸い、50万円ほど残高があった。このお金で、新菜は東京を捨てることを決意した。

新菜は映画監督になりたくて18歳で上京し、映像専門学校に通ったものの、プロの壁は高すぎた。脚本と編集は得意だが、撮影がどうも苦手なので、一人での映画製作は限界があった。諦めて電機メーカーの派遣社員になったものの、夢を捨てきれず、コンスタントに脚本を作り溜め、時々はポケットマネーで役者を集めて撮影していた。しかし、卒業時に応募した映像コンクールでの審査員の批評が今も新菜の耳の鼓膜にひっかかっていた。「君はフィクションを撮るのに向いていない」と。作品を作ろうとするたびに、鼓膜の奥から亡霊の呼び声のようにこの言葉が湧き起こり、作品を応募できないままになっていた。

「心機一転、辛いことばかりだった東京は忘れて、ササに癒やされる週末にしよう」

新菜は、ワンルームマンションの白い壁に囲まれて誰に言うでもなく、つぶやいた。東京に引っ越してきた最初の日は、壁紙を張り替えたばかりの小さなアパートの一室で、壁の白さに圧迫感と寂寥《せきりょう》感を覚え、1時間も泣いたものだ。しかし、今の新菜は、さざなみ動物遊園まで車で30分のマンションに引っ越し、これから何者にも汚されない毎日が始まることを白い壁が告げているように感じ、白い世界で微笑んでいた。たとえ預金の半分以上が引っ越し費用に消えてしまっても、新菜は通帳の残高にかえって身軽さを覚えた。

新菜の新しい職場は、家電量販店となった。行き当たりばったりで東北に引っ越したものの、派遣社員のキャリアではどこも雇ってくれないだろうと諦めていたところ、「電機メーカーで長年お勤めだったのであれば、ぜひうちに」と全国チェーンの家電量販店の地域限定正社員に採用されたのだった。地域限定正社員であれば、転勤がないのでさざなみ動物遊園の近くに住んでいられる。給料は転勤のある正社員より少し安いが、その分、副業が認められているというので、新菜は自主製作映画を撮り、映画監督になる道もまだ絶たれていないことに安堵した。

「さっそく年間パスポートお買い上げありがとうございます」

最初の休みにさざなみ動物遊園に行くと、ペンギン水槽の前で本宮が満面の笑みで話しかけてきた。本宮は、ペンギン担当のリーダーであり、年間パスポートの販売管理もしている。

「でも、ええんですか、1回会っただけのササのために東北に引っ越してくるなんて」

少しおろおろしながら、田淵が尋ねた。新菜が最初にササに出会ってから、まだ1か月も経っていなかった。

「最高の選択でした。東北は東京より家賃も安いし、ダメ男にパチンコ代をくれと家に来られる恐怖もないですし、念願の正社員にもなれましたし、それに」

武田が連れてきたササの濡れた背中を撫でさせてもらいながら、新菜はとろけるような声で答えた。

「何より、ササに毎週会える。私、これまで癒やしって言葉が嫌いで、そんなごまかしはいらないって突っ張ってましたが、ササに週末癒やされるだけで毎日頑張れるんです」

「それは良かったです！　たくさん会いに来て、じゃんじゃんＳＮＳで発信してくださいね」

　さざなみ動物遊園のＳＮＳの責任者でもあり、客のＳＮＳの投稿をチェックするのが好きだという本宮は、新菜のＳＮＳをフォローすると約束した。それまで新菜はＳＮＳを見るためだけにアカウントを作っていたが、本宮の運営するさざなみ動物遊園公式アカウントからフォローされた途端、これからはササの写真を発信して日本中にササを知ってもらわなきゃ、と不思議な使命感が沸き起こった。

　それからというもの、新菜はササに会いに行くたびに写真と動画を大量に撮影し、まるでさざなみ動物遊園のスタッフのように、頻繁にＳＮＳにササの写真とその日のササの行動を事細かに書いて投稿するようになった。ササの行動や生態で分からないことはスタッフに尋ね、それを掲載した。すると、初めは少なかったフォロワーも、みるみる増えていった。しかし、フォロワー数は新菜にとって関心はなかった。ササの可愛い姿に共感してくれる人の気配を感じ取れるだけで、東京で絶えず感じていた「映画監督になれなかった負け犬」という敗北感が胸の奥から少しずつ消えていった。

　東北にも遅い春が来て、さざなみ動物遊園の桜も寒さに耐え、もうじき満開を迎える。ササもまた、春の訪れを知って朝一番からはしゃいでいた。まるで猫のように、猫じゃらしで遊ぶ。新菜が水槽の前で自前の猫じゃらしを振ると、ササがどこからともなく泳いできて、水槽のガラス越しに噛みつこうとする。他のペンギンも興味を示して寄っては来るのだが、すぐにいなくなってしまう。ササだけが新菜と長時間、猫じゃらしを通じて対話をしてくれる。新菜は、さざなみ動物遊園に通うようになってから、ライオンのイチカやレッサーパンダの花梨《かりん》など、他の人気動物たちも見に行ってみたが、結局一番長く時間を過ごしてしまうのはササの揺蕩《たゆた》うペンギン水槽前だった。そこでササと過ごす時間は、地球の時間ではないかのように、ゆったりとして果てしないような気がした。

子供がとても多い春休みのシーズンでも、本宮はペンギン水槽前にいる新菜を見つけると駆け寄ってきた。

「あっ、カントクさん！　すみません、広報が遅れたのですが、ササのイベントが午後2時から開催されるんですよ！」

「えっ、明日じゃなかったんですか？」

新菜はSNSを本格的に始めてから、スタッフたちにハンドルネームの「カントク」で呼ばれるようになり、ごく自然にそれを受け止めていた。

「明日は天気が崩れるそうなので、さっきSNSで本日に変更すると発信したばかりなんです。武田の力作の新作衣装お披露目撮影会です！　SNSにアップすると武田も喜びますから、ぜひ来てくださいね！」

そう言うと、水槽をコツンと叩いて「ササ、頑張ろうね」と声を掛けて本宮は去って行った。その後ろ姿を、ササはまるで手を振るようにフリッパーを高く上げて見送った。

午後2時。新菜は園内のレストランで遅めのランチを取ってから、ペンギン撮影会が行われる屋外のステージ前へ急いだ。そこにはすでにたくさんの人が集まっており、新菜は出遅れたことを後悔した。何とか3列目を確保し、スマホをかざしてステージを凝視していたところ、学生服を着てランドセルを背負ったササが現れた。

「可愛い！」「ペンギンの入学式だ！」「あのランドセル、よくできてる！」

大人も子供も、歓声が上がる。それと同時に、スマホの撮影音、一眼レフのシャッターの音も聞こえてくる。皆、ペンギンの目の保護のためにフラッシュは点灯させない。ササはファンからも守られているんだなあ、と新菜は光らないカメラの群れを見て胸が温かくなる。

当のササはというと、学生服を嫌がる素振りも見せず、きょとんとした表情でステージの中央に佇んで、左右を見ている。しかし、よく見ると、客のカメラ1台1台を見つめ、カメラ目線をサービスしているではないか。

「はーいみなさん、もうすぐ春休みも終わりやね。ペンギンさんたちも、学校が始まります。今日はペンギンさんの入学式を行います。新入生代表で、ナンバー33がみなさんにご挨拶するけんね」

田淵が挨拶すると、武田がくす玉を持って現れた。すると、ササは「分かってるよ」と言わんばかりに、くす玉に繋がれた紐を引っ張った。

「勉強もスポーツもがんばります」と書かれた紙が、割れたくす玉の中から現れた。ササはなおも紐にじゃれついて、フリッパーをパタパタさせて遊んでいた。客はさらに激しくシャッターを切り、動画もたくさん撮っている。しかし、最前列を陣取っていた人々が、自然に後ろに下がり、背伸びして見ていた子供たちに場所を譲っていた。そして、その子供たちも、数分間、ササを見つめて「ペンギンさーん！」と声をかけて手を振ると、次の列の子供たちに場所を譲る。その光景が繰り返された。

「びっくりした。東北の人たちって、こんなに自然に他人に譲るんですね」

衣装を脱ぎ、水槽に戻ったササを見に行った新菜は、本宮に話しかけた。

「ええ、そうなんです。私は大阪出身で、田淵は四国出身なので、関西人の前へ前へ！っていうのに慣れていましたが、東北の人は、譲り合い、助け合うのを自然にするんですよ」

「最前列にいた一眼レフの男性が、一番シャッターチャンスのくす玉割りの直前に小さな子供たちに『前へ行きなさい』って言っているのを見て、すごい人だなと」

するとと、背後から「ありがとうございます」の声が小さく聞こえ、新菜は首をすくめて驚いた。いつの間にか、肩幅の広い、ひげを蓄えた男性が後ろに立っていた。先程、最前列で一眼レフを構えていた男性だ。

「まいまいさん！　今日もありがとうございます！　いい写真撮れましたか？」

「うん、撮れたよ。今日中にSNSに上げておくよ」

本宮と男性は親し気に会話していた。本宮が新菜を振り返り、

「この方が常連の『まいまいさん』です。動物カメラマンを目指していた方なんですよ」

「あっ、いつもSNSで見てます！　どの写真も可愛いです！」

ささなみ動物遊園の写真をよく投稿している常連がいるのは新菜もチェックしていたが、誰がどのアカウント名で投稿しているのかは、簡単に分かるものではない。ただ、「まいまいさん」はまんべんなく園内を巡り、週に3回以上訪れ、一番好きな動物はササであることが投稿から伝わってきていた。

「まいまいさん、こちらは『カントク』さんです。ササのファンなんですよ」

本宮がまいまいさんに新菜を紹介した。改めて「カントクさん」と紹介されると、新菜は途端に恥ずかしくなり、「カントクです」と、もごもごした小さな声でハンドルネームを繰り返す、自己紹介とも言えない挨拶を不器用に発した。

「俺もカントクさんのSNSはフォローしてるよ」

そう言うと、日に焼けた健康そうな顔をしわくちゃにしてまいまいさんは笑った。

「いやあ、私の写真はスマホばっかりで」

「写真だけじゃなく、解説もしっかり書いてて、ササの裏話まで伝わってきて楽しいよ。

そう言って、軽トラックに乗り、まいまいさんは颯爽と帰って行った。

「まいまいさんって、お近くの方なんですか」

「同じ市内です。農家らしいので、お芋とかスイカとか、差し入れしてくれます。うちにはお猿さんもいるので、お猿さんがまいまいさんの大ファンになってしまいました」

本宮の言い方がおかしくて、新菜は今日一番の爆笑をした。


短い春が去って夏になり、ササが麦わら帽子をかぶって浮き輪までつけて撮影会に登場した。ペンギンが浮き輪をつける滑稽さに、子供たちは手を叩いて喜んだ。

「ペンギンなのに、なんで浮き輪なの？　変だよ！」

「実はね、この子は泳ぐのが苦手なんだよ」

武田が解説すると、ますます子供たちは大喜びし、足を踏み鳴らして興奮した。ササは、そんな子供たちの前を右に左にうろうろし、時にはくるりとターンして、まるでファッションショーのように色々なポーズをとっていた。

「賢いねえ、ササ。撮られるの、好きなんだよね」

新菜が話しかけると、「あ、僕のファンだ」と気が付いて、近寄ってきて大きな瞳をこちらに向け、口角を上げる（ように新菜には見える）。新菜が頻繁に通うので、ササも新菜をはっきり認識しているようだと田淵からお墨付きをもらって、新菜は顔がほころぶのを止められなかった。

新菜が写真を撮り、すっと後ろに引くと、平日によく見かける女性が「ありがと」と小声で言って前へ出た。若く見えるが、いくつなのか分からない。東北では滅多にお目にかかれないゴスロリを着ている。黒レースのごてごてしたマスクをしているので、目元しか分からないが、かなりの美人のようだ。

撮影会終了後、常連がペンギン飼育場に残って本宮や田淵と話していると、どうして皆はササのファンになったのか、という話題が出た。ハンドルネームが「ショコラ」というそのゴスロリの女性は、新菜たちにキーホルダーを見せた。グッズ担当もする本宮が目ざとく叫んだ。

「あ、それは私がデザインしたササの初めてのグッズ！」

「そう。昨年の夏に、この動物園の夏祭りイベントで販売してたササのキーホルダーなの。あたし、それまで特定のペンギンを好きというより、ペンギン全般が好きで全国の動物園や水族館を巡礼していたんだけど、たまたま目についてこのキーホルダーを買った帰り、ひどい豪雨に遭ったのよ。あたしは隣の県から車で来てるけど、高速が渋滞してるってラジオで聞いたから下道で帰っていたら、山道でこのキーホルダーが急にブツって大きな音を立てて助手席の鞄から飛んで足元に落ちちゃって。何かに引きちぎられたみたいな。後続車もいないし、車を止めて『なんで急に壊れたんだろ』と不思議に思いながら拾い上げているると、ドゴーン！　ズンドドド！　って音がして、顔を上げてみたら目の前にでーっかい岩が山から落ちてきてたの！　あの時、もし車を止めずにそのまま直進してたら、今頃は天国よ。あたし、あの時、ササに命を救われた気がして……それ以来、ササは特別なペンギンになったの」

ショコラは、声色を変えながら話したので、そこにいた全員が目の前に岩が転がっているような重い心持になった。

「そんなことがあったんですね……確かに、キーホルダーではササに巫女の衣装を着せた写真に冗談で『厄除け開運祈願』って文字入れしてましたけど……」

本宮はゴクリと生唾を飲み込んだ。

「先輩、やっぱりササは特別なペンギンなんよ。ケープペンギンはお腹に模様があるけんど、黒斑点が五芒星の形に綺麗に並んでるコなんて、見たことないもん。ねえ、カントクさんもササって不思議な力があると思えへん？」

田淵は、興奮のあまり眼鏡を曇らせて、激しく同意を求めた。

「めっちゃ思います。私も、ササに出会ってから良い事がいっぱいあったんです」

新菜は、正社員になれたことから始まり、ササを触った帰りに買ったコンビニのくじが1等だったこと、最近売り上げが一番だと職場で表彰されたことをSNSで発信していた。

「そういえば、俺もササに出会ってからフォロワーが増えて、本業の農業の方で、フォロワーが手伝いに来てくれたりするようになったなあ」

「それ私も入ってる」

新菜は、まいまいさんが企画した農業体験に顔出しをしたところ、ササのファンたちがたくさんやってきており、農業体験後はお互いのササ写真を見せ合うオフ会になってしまったことを笑いながら語った。

「日本では、八百万の神がいるんでしょう？　そして、人間の姿で現れた神は、現人神《あらひとがみ》と呼ぶと言いますね」

ビデオカメラを片手に、少し禿げ上がった金髪の、細身のドイツ人男性が言った。

「さすが大学教授！　詳しいですね、坂本《さかもと》さん」

「いやあ、それほどでも」

流暢な日本語で照れ笑いする彼は、東北の国立大学で日本の郷土文化を調査し、教鞭をとっているヨーゼフ教授である。少年時代より坂本龍馬を敬愛しており、そんなわけでハンドルネームは「坂本」になっている。フォロワーが海外にも多くおり、ササに会いに来る外国からの客は大半が坂本の投稿を見た者だ。

「私も、最初はこの近くの村の奇祭の研究に来たついでにここに寄ったのですが、この近くの村では、災害が起きると、野兎や狐、熊などを神と見立て、怒りを鎮《しず》めてほしいと供《く》物《もつ》を捧げて三日三晩、その動物の扮装《ふんそう》をして交代で独特の神楽を踊っていたらしいです。つまり、動物の姿を借りて神が降臨するのだと考えられていました。私は、その話を村の長老から聞いた後にササくんに会ったのですが、たった一羽で岩の上に立ち、夕陽を浴びて一声咆哮したところ、他のペンギンたちもそれを待っていたかのように咆哮を始め、夕陽がそれに合わせるように沈んでいくところを見て、日本の人々が動物に神の姿を感じた理由が分かりました。まあ、ケープペンギンは日本原産じゃないので江戸時代にはいないですけど」

軽快な語り口に、皆がどっと笑った。その中で、新菜だけは初めて聞く奇祭の話の余韻が胸に広がっていた。

「坂本さん！　じゃあ、ササは現人神ではなくて、現《あら》ペン神《がみ》になりませんか！」

「あ、あらあら、あらぺんがみ？」

坂本は新菜の勢いにあまりに驚いたのか、こんな時だけ片言の日本語になってしまった。

「ペンギンの姿をした、神様です！　奇跡を起こすペンギンですよ！」

「それ、良いですね。お正月にはササをご神体とした神社の企画やりましょうか」

「ササがお客様のおみくじを引くっちゅうんでどうです、先輩？」

「俺は、お祓いと称してササに背中に乗ってもらいたいなあ」

田淵とまいまいさんが乗ってきたので、ショコラも便乗して、

「あたしは絵馬《えま》を書いてくるから、ササにくちばしで突いてほしいわ！」

と言い、「みんな採用」と本宮が拍手したので、ファンとスタッフの間であっという間に正月企画が決まってしまった。ササは、人間たちの愉快なやりとりを聞いているのか聞いていないのか、じっと目を閉じて、ピサの斜塔のように斜めに傾きながら欠伸をしていた。


新菜は、土曜日の早朝にさざなみ動物遊園に来た。前日に、新菜は悪質なクレーム対応を任され、解決はしたものの、そのクレーム内容が別れた彼氏が金をせびる時の言い訳に似ていたので、一気に過去の憤怒が甦り、精神的に限界が来ていた。ササに会わなければ、また嫌なことが胸に溢れて爆発してしまう。誰もいない貸し切り状態のペンギン飼育場で、新菜はササを探した。他のペンギンたちは、仲良く羽繕いをし合ったり一緒に小屋に入っていたが、ササは一羽で飼育場の右端で片足を伸ばし、フリッパーを広げて、まるで空を飛んでいるかのような姿でのんびりと寝転がっていた。

「ササ、来たよ」

新菜が声を掛けると、ササはゆっくり目を開けて、首を傾げた。首を傾げるのは甘えるしぐさだと本宮から聞いていたので、新菜はそのしぐさを見るだけで愛おしさが溢れた。

「やっぱり、君はいつでも私を裏切らないね。ありがとうね」

ササは羽繕いをしてくれる親も友達もいないので、背中の羽根が飛び出して波打ち、馬のたてがみのようになっている。

「でも、ササにはお友達はいないの？　一羽で寂しくないの？」

ササはそれに答えるかのように、小さく「オー」と鳴いた。それは、「別に何ともないよ」というような余裕が感じられた。人工育雛のペンギンは、やはり自分のことをペンギンと認識していないのかもしれない。しかし、その分、人間の言葉が分かるのではないかと新菜は感じていた。

「私もね、一人で東北に来たの。でも、今は寂しくないよ。そりゃ、仕事で嫌なこともあるけどさ、あなたのおかげでね、乗り越えていけるんだよ」

とササに話しかけたところに、

「ササとおしゃべりとはいいなあ！　今朝は先を越されたな。一番乗りしたかったのに」

と笑いながらまいまいさんが飼育場に姿を見せた。

「やだ、聞かなかったことにしてください！」

新菜は急に照れくさくなって後ずさりしたところ、掃除用のバケツを派手に蹴とばして、ペンギンたちの注目を一身に集めてしまった。その瞬間を、まいまいさんは激写した。

楽しい日々は、このまま壊れもせずに続いてほしい。新菜は夜寝る前にふと不安になる。ササと何の障害もなく会える日は、約束されているわけではない。だからこそ、ササに会えた一日が輝いている。別れ際に楽しかったと思いながらも、言いようのない寂しさを感じるのは、本当に次にまた会えるか分からないからだ。これが最後の思い出になりませんように、そっと心の奥でつぶやいてさざなみ動物遊園を後にする。幸せすぎると足元をすくわれそうで、少しくらいの不幸があった方が、大きな不幸を回避できる気がする。だから、幸せ１００％の毎日なんて欲しくない、そのように新菜は考えていた。


夏の終わりのことだった。台風が列島を縦断するというニュースをテレビはけたたましく報じ、東北も台風が通過する可能性が高くなっていた。その日は朝から雨がひどく、車のワイパーを最高速度で酷使しても、雨の勢いには勝てず、前が見え辛いほどだった。

家電量販店は、午前中は客がまばらに来たものの、午後からは風も強まってきたので、店長は午後3時に大雨洪水強風波浪のフルコースの警報が出揃ったのを確認して、

「今日はもう臨時休業にしましょう。みんな、ただシャッターを閉めるだけじゃ駄目そうだから、浸水に備えて1階の商品をできるだけ2階以上に運んで。窓は、ガラスが割れないように段ボールを貼り付けましょう。急いで、分担してね」

と指示を出した。新菜は、マッサージチェアーを二人がかりで抱えて運びながら、ササが無事か、早くSNSでチェックせねばと焦っていたので、マッサージチェアーをテレビ画面にぶつけそうになり、一緒に運んでいた同僚に悲鳴を上げさせた。

その日は「本日は臨時休園です。動物たちはバックヤードに避難させております」という投稿が、さざなみ動物遊園の公式ＳＮＳに上がったので、新菜は少し安心した。しかし、深夜に台風が新菜の住む街を通過し、象が体当たりするような暴風雨の音に悩まされ、新菜はほとんど眠れなかった。

「ササが死んでしまったら、私は生きていけるのか。ササがいない世界は、私の生きる世界じゃない。ササを中心に展開される世界に生きている。というより、ササに生かされてこの世界に存在を許されているのに、ササがいない世界は何の役にも立たない自分を持て余すだけだ。命の原動力が消えるなんて、これまでのどんな辛いことより、怖い」

深夜2時に真っ暗な部屋の中で、スマホを青白く光らせて新菜はＳＮＳを更新した。

眠れないのは新菜だけではなかったようで、すぐにまいまいさんから「わかりみが深すぎ！　でもササは神様だからきっと無事だし世界も救ってくれる」とコメントがあった。しかし、中には「あんな動物虐待のような展示をしている動物園に、よくそこまで味方できますね」や、「さざなみ動物遊園なんて大嫌いだ。台風で吹き飛べ」というコメントもあり、新菜は鼓動が早くなり、憎しみの言葉を返すことをぐっとこらえていた。ＳＮＳは、毒にもなるし薬にもなる。アンチの投稿はすぐに収まり、まいまいさんだけではなく、他のササファンたちも次々とコメントをしていき、新菜のＳＮＳは深夜にもかかわらず賑わいを見せた。それを見て、新菜は安心感がスマホから湧き出してくるような感覚を覚え、いつの間にか浅い眠りについた。

翌朝、台風は嘘のように過ぎ去っていた。青空が抜けるように透明で、世界は生まれ変わったようなきらめきを放っていた。しかし、あちこちに木の枝や住宅の屋根の一部、重そうな看板が転がっており、荒々しい嵐の足跡がそこかしこに残っていた。

この分だと店は休みではなさそうだ、そう思った新菜はコーヒーを淹れてトーストをかじりながらテレビを点けた途端、それまでの眠気が消え失せ、かわりにひどい眩暈《めまい》が襲ってきた。

さざなみ動物遊園の最寄り駅の線路が、増水した川に流されている映像が流れていた。追い打ちをかけるように、さざなみ動物遊園に最も近いインターチェンジが土砂崩れで埋まっている映像も流れた。動物遊園近くの国道の一部も通行止めになっている。「当分、駅も高速道路も復旧の見通しが立ちません」という、ヘルメットをかぶったレポーターの悲鳴に似た声が、余計に新菜の胸を掻きむしった。

新菜はトーストを乱暴に投げ捨てて、スマホを取りに寝室に走った。通常なら、さざなみ動物遊園の公式ＳＮＳの更新は、昼過ぎだ。しかし、今朝は何らかの更新があるかもしれない。新菜は、汗ばんだ手でＳＮＳを開いた。

「臨時休園のお知らせ　昨夜の台風で園内の木が数本倒れており、整備作業のため本日はお休みします。ご安心ください、動物たち、スタッフは全員無事です！」

本宮が投稿したと思われる、動物たちの無事を知らせる投稿を見て、新菜は「ぼえええええ」とケープペンギンの声真似をして座り込んだ。ほっとして、身体が緩みすぎて崩れた。倒木の写真もあったが、背丈の小さな木が数本、根元から倒されて転がっていても、動物たちの柵を壊すような位置ではなかった。そして何より、朝陽を浴びて気持ちよさそうにフリッパーを広げる、ササの写真が添えられていたので、新菜の心臓は早く打つのをやめ、穏やかな鼓動に戻った。

「ササくん、無事で良かった！　さすが現ペン神、スタッフさんと動物たちを守ったのですね」

坂本も早速コメントを残している。

「ご無事で何より！　倒木なんてあたしが片付けてやりたいけど、当分行けないかもね」

ショコラのコメントを見て、新菜はまた目の前が暗くなった。駅とインターチェンジが台風の被害を受けたということは、さざなみ動物遊園への道も通行止めではないか。それに、ショコラのような遠方の常連も、しばらくは来れなくなるのではないか。新菜は鉛のような不安を背負い、足枷《かせ》を付けたような重い体で職場へ向かった。

さざなみ動物遊園は、ペンギンが一番人気とはいえ、動物園だ。隣の市には、大波どんぶらこ水族園という水族館がある。歴史としてはさざなみ動物遊園が古いが、ペンギンの展示を始めたのは大波どんぶらこ水族園より後である。しかし、ペンギンの繁殖はさざなみ動物遊園の方が成功しており、たった7羽の「始祖鳥」と呼ばれたペンギンを飼育し始めて10年で、40羽にも増やすことに成功した。7羽は、それぞれ元の動物園が付けた「ワタナベ」や「こにたん」などの名前が付いているが、始祖鳥の子供たちは全て生まれた順の番号が名前となっており、ナンバー33が一番年少のペンギンである。それに対し、大波どんぶらこ水族園のペンギンはフンボルトペンギン3羽とマゼランペンギン7羽であり、水族館がペンギンの飼育実績及び人気で負けているというのは、館長である五百川憲明《ごひゃくがわのりあき》にとっては許しがたい屈辱であった。

「水族園の最寄り駅は影響がなくて良かったよなあ」

台風の去った日の夕方、五百川館長はコハク信用金庫さざなみ支店の支店長、荒居心之介《あらいしんのすけ》と割烹料理店の個室で酒を酌《く》み交わしていた。かつて花街であった名残が、細かい意匠が施された苔むした灯篭や三笠山を模した人工の山に残っていたが、美しい庭の趣など、金にならないものは支店長の目の端にも止まっていない。さざなみ支店は大きな支店で、さざなみ動物遊園のある市だけでなく、大波どんぶらこ水族園のある市も管轄する。それだけに、この支店の支店長に選ばれるのは、コハク信用金庫のエリートの象徴である。しかし、荒居は順当に支店長に選ばれたというより、汚い手を使って上りつめたと、信用金庫の行員の間ではもっぱらの噂だった。

「ええ、義兄《にい》さん。新幹線の駅からうちの最寄り駅までは線路が無事でしたが、その先のさざなみ動物遊園の最寄り駅は当分復旧しないでしょう。ただ、高速道路がやられているので、うちも県外からのバスツアーの客がこのままではキャンセルになりそうです」

五百川館長の妻は、支店長の妹である。この辺りで屈指の有力者である支店長の妻と結婚できたのは、五百川館長にとって人生最大の幸運と言っても過言ではなかった。

「そうかあ。動物園だけが客が減るってわけでもないんだなあ」

「しかし、県内の老人会の慰安旅行、小学校の遠足は、動物園からうちの水族園に行き先を変えてくれるよう、働きかけるつもりです。しかし、それでは足りません」

うやうやしく徳利《とっくり》を捧げ持ち、五百川館長は支店長に酒を注いだ。

「足りない、と言うと？」

「いずれは駅も復旧し、高速道路や近くの国道も元に戻るでしょう。鉄道会社や国は、資本が違いますからね。そうなると、またあのペンギン33目当てに客が戻ってくる。一時的にうちが集客しても、続かないということです。幸い、動物園も園内に被害が出ています。その復旧工事の費用が足りなくて、閉園の危機になったとしたら……ねえ、義兄さん」

五百川館長の言葉を聞いた支店長は、ガマガエルのような顔をさらに横に広げて、ブフフと笑った。

「つまり、信用金庫が融資しなければ、お前のライバルが潰れるってことか、そうだろ」

「さすが、お察しが良い。動物園が潰れると、安く動物を売り飛ばすことになり、うちがあのペンギンたちを激安で引き取れるってわけですよ。人気者の33もうちの看板動物になるわけです。そして、海外の動物園と他のペンギンたちの売買の話をつければ、差額の利益も出るってわけです。ねえ、義兄さん、定年退職したら県知事に立候補するんでしょ？何かと物入りですよね、選挙は」

五百川館長の痩せこけた顔の中で、目玉だけが獲物を狙うように爛々と輝いていた。

「選挙の話はまだ先だが、準備は今から必要だなあ」

少し考え込んで、支店長は刺身を口に放り込み、冷酒で流し込んだ。

「うちの融資の審査は厳しい、それだけだぞ。俺はなあんにも知らない」

そう言うと、支店長は融資部の責任者にメールを打ち始めた。五百川館長が、その間にSNSを開くと、全国からさざなみ動物遊園を応援する投稿が寄せられており、舌打ちした。

「今のうちだけだぞ、お前ら」

台風から1週間で、さざなみ動物遊園は再開した。再開は再会である。新菜、まいまいさん、坂本、ショコラは再開初日に集結し、ササの元気な姿を必死に写真化していた。

「みなさん、早速ありがとうございます」

本宮と武田が揃って挨拶に来た。スタッフとの再会にも、手を取り合って常連は喜び合った。

「かなり遠回りしたけど、何とか来られたわよ。それにしても、動物は無事で良かったけどレストランが休業なんて残念ね。ここのレストランのカツバーガーが楽しみなのに」

ショコラが溜息をついた。レストラン裏の木がレストランの屋根を直撃しており、建物被害はここだけとはいえ、レストランは当面休業を余儀なくされていた。

「俺の田んぼも全く無事ってわけじゃなかったよ。でも、今日は握り飯をいっぱい作ってきたから、常連組で一緒に食べよう」

まいまいさんが、笑顔で大きな弁当箱を見せたので、新菜もショコラも目を輝かせた。

「でも、いつ再開できるのです？　営業しながら工事は難しいでしょう？」

自称「神経質で心配性の悲観主義者」の坂本が暗い顔をした。

「営業時間終了後と、休園日に少しずつ直していく予定ですが、なにせレストランの建物自体が古いので、保険がきく範囲だけの修理では防災の面から足りず、かなり大掛かりに直さないといけないようです。ご不便をお掛けします」

本宮が申し訳なさそうな顔をして、頭を下げた。

「秋の登山シーズンは、登山とさざなみの湯と動物遊園のセットで楽しめるのに。それまでに直ると良いですね」

「せんぱぁぁぁい！」

新菜が励ましているところに、田淵がただ事ではない様子で走ってきた。顔を鬼のように真っ赤にして、口元から火を噴きそうな勢いだった。

「先輩！　大変や、コハク信用金庫の融資部長が、うちに来とる！　社長と話しとるところを盗み聞きしちゃったんやけど、レストランの補修工事、融資せんって！」

「お前、それ本当か！　って、お客様の前で何言ってんだ、まずいだろ！」

武田が慌てて田淵の肩を押して、スタッフルームに連れて行こうとした。しかし、武田の手を払いのけ、田淵はものすごい剣幕でなおも続けた。

「最低、あと2千万円ないと工事がでけへんって社長が言うても、『それはおたくの営業がうまくいっていないから工事費用がないんでしょう。もういっそ、動物園を閉園してはどうですか』なんて言っとったんですよ、あのチビハゲが！」

「閉園⁉　何でそんな話に！」

全員が叫んだ。坂本はハゲと言われたのが自分ではないのに薄い頭を抱えた。

「レストランがない動物園なんて、客が来ないなんてイチャモンつけるんよ！　あと2か月以内に2千万円を調達してレストランを補修しないと、これまでの融資1億円も全部繰り上げ返済してもらうって言うとった！　横暴すぎへん⁉　社長もこれに反論せんかった……確かに、うちはめちゃくちゃ儲かってるわけやないけど、ひどくないですか⁉」

あまりの剣幕に、武田も田淵を制することを諦め、「くそっ」と叫んで壁を叩いた。

「きっと、大波どんぶらこ水族園ね。園長が義理の兄である支店長に頼んだんだ」

本宮が冷静な、しかし怒りを圧し潰して吐き出すように静かにつぶやいた。

「でも、証拠がありません。しかも、義弟というだけでそこまで協力するでしょうか？裏がありそうですが、それを探る前に2千万円を集めた方が現実的ではありませんか」

坂本が薄い頭をなでながら同じく静かに言った。

「2か月じゃ、入園料だけで2千万円は厳しいだろうな。ここは、クラウドファンディングでもやるしかないんじゃないか」

「それです！　そうしましょう！」

「もしかすると石油王とか超セレブがどーんと寄付してくれたりするかもな！」

まいまいさんの提案に、本宮と武田は飛び付いてきた。

「でも、ただ『台風被害を受けたレストランの修理費用募集』じゃ集まらないわよ。一人の金持ちに頼るのもまず無理ね。ほら、大きいイベントのたびに来る東京のお医者さんの池添麻里那《いけぞえまりな》さんっているけど、いくら熱心なファンの池添さんでも一人で大金の寄付はできないと思うわ。かなりの人数から少しずつ集めないと駄目よ」

ショコラが心配そうに、しかし現実的な話をしたので、田淵はまたうなだれてしまった。

「グッズ、作りましょう。私の友人に、動物の彫金アクセサリーを作るアーティストがいます。数か月ごとにデパートで期間限定で売っているので、入手困難さが人気なんです。さざなみ動物遊園の動物たちをモデルにアクセサリーを作ってもらいましょう。寄付金額に応じて、プレゼントするってどうでしょう」

本宮は、スマホを取り出し、アクセサリーの写真を見せたので全員が覗き込んだ。そこには、重厚感がある真鍮で作られた金色のペンギンと、そのペンギンを囲んで色とりどりの天然石が円環をなし世界の天蓋《てんがい》となった、まるで子供の頃の絵本から抜け出したようなアンティーク感のあるブローチが写っていた。新菜は写真のペンギンの輪郭を撫でた。

「ササに似てる、このペンギンのむちむちした感じ」

「ケープペンギンをモデルにしているらしいので、ササそっくりにできると思います。胸に星の模様を入れれば、完璧です。廉価版を5千円以内で作ってもらいます」

本宮の提案に、全員が頷いた。これなら、大人が欲しがると誰もが確信した。

「しかし、グッズだけではアピールが足りません。SNSのフォロワーはおよそ2千人です。この全員が1万円ずつ寄付してくれたら良いですが、全員が寄付しないでしょうし、子供も多いので、一人1万円は厳しいのではないですか。それに、一個5千円のアクセサリーを渡すとすれば、実際に使える金額は寄付金額から5千円差し引いた額になるでしょう」

「確かに……フォロワーが少ないんだよなあ……」

坂本の計算に、今度は武田が明るい茶髪の頭を抱え込んでしまった。

「あたし、黙ってたけど本当は地元のラジオ局でパーソナリティーやってるの。元は、東京でロボットアニメのヒロインの声優とかやってたんだけど、結婚してからは地元で子育てしながらラジオに転身してる。そこで、呼び掛けてみようか」

ショコラがマスクを外した。すると、まいまいさんがうわっと飛びのいた。

「あなたは、声優の八《や》木《ぎ》沼《ぬま》風《ふう》子《こ》さん！　俺、ＣＤいっぱい持ってますよ！」

ありがと、とショコラは恥ずかしそうに笑ってまたマスクをした。

「お願いします、ショコラさん！」

武田が土下座をすると、一緒になぜかまいまいさんまで土下座をした。

「しかし、それでは隣の県だけしかリスナーがいませんね。全国に広めないと」

坂本だけはまだ渋い顔をして、腕組みをしていた。

「……あの、私に考えがあります。みなさん、協力してもらえますか」

おずおずと、新菜が手を挙げた。新菜の話に、全員が「やる」と意気込んだ。

ササが飼育場から外に出され、全員が円陣を組んでいる真ん中に据えられた。

「いくぞ、さざなみ動物遊園死守プロジェクト！　えいえい……」

「オー！」

雄叫びを上げたのは、まるで太陽の塔のように天を向いた、ササだった。その雄叫びは、園内に高らかに響き渡った。それは、反撃の狼煙《のろし》であった。

「約束の2か月ですが、どうですかね、さざなみ動物遊園さん。やっぱり、団体客を大波どんぶらこ水族園に取られて、厳しいんじゃないですかあ」

「これは、わざわざ支店長が直々に……」

支店長が現れたのは、木枯らしが吹き始める頃だった。まるで支店長自身が冬を連れてきたようで、さざなみ動物遊園の社長兼園長の杉田歳三《すぎたとしぞう》は雪崩のような冷たさを感じた。

「閉園になっても、おたくにはたくさんの変わった動物がいますから、引き取り希望の動物園もあるでしょうなあ。ペンギンなんぞは、近くの水族館でも良いですねえ。おたくより、よっぽど集客できると思いますよお」

ガマの油が滴るように、寒さの中でも額から嫌な汗を流しながら支店長は脅しをかけた。

「こ、これに関しては、うちのペンギン担当のスタッフたちから説明します。とりあえず、ペンギン飼育場へご移動ください」

「ほう。売却予定のペンギンを見せてくれるのですか。いいでしょう」

身体は大きいが、優しすぎる性格のあまり主張が弱い杉田社長は震えながら、上機嫌の支店長をペンギン飼育場の2階に案内した。

「変わった造りですなあ。2階が陸上で巣穴もあって、ペンギンがプールに潜ると1階の円柱水槽に移動する構造ですか。いやはや、閉園にして取り壊すのはもったいないですなあ」

支店長は、これまでさざなみ動物遊園に来たことがないらしく、物珍しそうに見渡した。

「どうです、ペンギンの近くに行ってみませんか。大人しい性格なので、悪さはしませんし」

杉田社長が鍵を開けると、素直に支店長はペンギンの集団の中に足を踏み入れた。

「丸々太ったペンギンばかりで。これは金塊に見えてきますなあ」

心なしか、ペンギンたちは汚いものを見るような目で、遠巻きにしていた。

「うちの大事な子たちは、金塊なんかじゃありません。感情も知性もある、生き物です」

支店長の背後から、本宮と武田が現れた。そして、武田はツカツカと支店長に歩み寄り、手にしたノートパソコンを広げた。

「クラウドファンディングで、昨日までに2千578万3547円が集まりました。目標額を500万円以上クリアしています。だから、この子たちは手放しません。おたくの融資も必要ありません」

本宮が強い口調で胸を張った。支店長は、乱暴に武田からノートパソコンをひったくると、クラウドファンディングのページを見た。

「なんだ、これは……再生回数、1か月半で250万回だと？」

そこには、新菜が監督したさざなみ動物遊園のPR動画が掲載されていた。武田が作った新作の衣装を着こなすササや、猿の輪くぐりなどの芸、満天の星空の下で吠えるライオンなど、動物たちの目を見張る画像の後に、スタッフが朝早くから夜遅くまで動物の世話をする様子が流れ、まだ赤ちゃんだった頃のササを抱いて魚を与える本宮の姿も映る。うまくいかなくて、泣いている田淵を励ますようにペンギンたちが寄り添うものもある。地元の幼稚園児たちと一緒に楽しそうに走るポニーと、手綱を引いて必死に走る武田の映像の後に、訓練の様子が流れ、頑張ったね、と夕陽の中でポニーを抱きしめる武田の姿に切り替わる。生まれたばかりで亡くなったライオンの墓に、3年経った今でも花を手向けるスタッフも映る。象の出産に、夜通し立ち会う担当スタッフと獣医、そして杉田社長の姿も流れた。

「命のありかを、守りたい。心の求める場所は、みんなで作るものだから」

澄んだ声のナレーションは、あのショコラだ。動物カメラマンを目指していたまいまいさんが撮影したものと、SNS用や動物園の記録用にスタッフが撮影していた映像を、新菜が短期間で編集し、短い動画をまるでドキュメンタリー映画のように肉厚に作り上げていた。途中、アニメーションに切り替わる部分もあり、この絵はアニメ好きの田淵が描いている。

「再生回数だけじゃないですよ。大学教授のご厚意で、大学の講堂で2時間バージョンを上映しました。これが評判で、地元の新聞にも取り上げられました。読んでませんか？

ああ、支店長は経済新聞しか興味ありませんか。おかげで東北の複数県の映画館で、ロングバージョンが『さざなみ物語』として2週間公開され、この収入も1千万円はありますよ。お忙しくて、映画なんて観ないでしょうけどね。それから、英語とドイツ語の翻訳版も作成したので、海外からの寄付もありました。支店エリア外の出来事なんて疎いんでしょうけどね。10万円以上寄付するとプレゼントする彫金アクセサリーも、大好評で限定30個の予定が50個に増やしました。これらのPRで、目標額以上に収入が集まりました。全部で3千500万円以上です」

本宮がとげのある言い方をしたので、杉田社長が飛び上がりそうになり、「も、本宮さん、それくらいで」と震えあがっていた。

しかし、支店長はガマガエルが化け蛙に化けるような、地響きのする笑い声をあげた。

「へっ、たった3千500万程度集めていい気になるんじゃねえぞ。忘れたのか、社長よ。もうおたくは収益がろくに上がらないから、これまでの融資1億円をまとめて返してもらうからな。3千500万円じゃ足りねえよなあ。担保に入れてるここの土地を売って、動物たちも売らないと間に合わない額だよなあ。どのみち閉園なんだよ!」

「じゃ、じゃあ、い、今すぐ、融資部長に電話してくださいよ。担当に来てもらって、なぜ10年で返済する約束の融資を一括で返すのか、話を聞きますから」

杉田社長がより背の高い武田の後ろに隠れるようにして、怯えつつも声を絞り出した。

「往生際が悪いなあ。いいだろう、呼んでやるよ。動物の査定もする必要があるからなあ」

支店長が尻ポケットからスマホを取り出し、ロックを解除した時だった。

「ボエー！　ボボボ、ボエー！」

ササが高らかに鳴いた。そして、次の瞬間、支店長のふくらはぎを鍵のような鋭いくちばしで突き刺した。

「い、痛てえ！　な、何だ⁉」

ピッ、と本宮が笛を吹いた。すると、遠巻きに見ていた他のペンギンたちも一斉に支店長に駆け寄り、足を突いたり、フリッパーで叩きのめし始めた。

40羽の攻撃を一斉に受け、たまらず支店長は体勢を崩し、前向きに転んだ。その目の前には、ペンギンのプールがあった。

「あー！　俺のスマホが！」

支店長はプールに頭を突っ込んだだけで済んだものの、スマホは手から離れ、水没した。そして、顔を水浸しにして転がっている支店長に、執拗にペンギンたちは攻撃を続け、背中に乗って突くものも、顔めがけて糞をかけるものもいた。その間に、支店長の落としたスマホは、１階の水槽の底まで吸い込まれていった。

ピピッ。本宮が笛を吹いて、「みんな、やめなさい」と言うと、ペンギンたちは興奮しながらも徐々に波が引くように支店長から離れて行った。ササは、いつの間にか岩の上に移動し、転んでペンギンの糞まみれの支店長を見下していた。

「どうしてくれるんだ、バカ鳥共が！　俺のスマホ取ってこい、今すぐ取ってこい！　防水だからデータは消えないはずなんだ！　だが、早くしろ！」

支店長は今度はアオガエルのような色になり、大声で喚き散らした。

「すみません、水を抜くのに30分かかりますので、30分、お待ちいただけますか」

武田が満面の笑顔で支店長を助け起こした。

「応接室にご案内しますので、服の汚れも落としましょう」

「とっととしろ！　30分後に持って来い！　バカ鳥共、次に会ったら焼き鳥にしてやる！」

笑っているような、青ざめているような杉田社長が暴れる支店長を連れ出した。

「準備はいい？　亜里沙」

支店長が去ったのを確かめた後、本宮が下に向かって声を掛けると、中2階のスタッフ用ドアからダイビングスーツを着た田淵が姿を現し、「承知」と両手でマルを作ってから潜水し、ものの5分もかからず水槽の底に転がる支店長のスマホを掴んだ。

「武田さーん、受け取ってください」

田淵は浮かび上がると、水面から手を伸ばしてスマホを2階の武田に渡した。

「暗証番号は、0515です。さっき、ロック解除しているところ見ました」

屋外観覧席に身を隠していた坂本が双眼鏡を手にして武田に近寄った。

「メールを調べてみなきゃね。あと25分もないから急いで」

同じく屋外観覧席からショコラ、まいまいさん、新菜も遅れて現れた。

「データを武田さんのパソコンに移すぞ」

まいまいさんがケーブルを繋いだ。武田とまいまいさんは、パソコンとスマホを素早く操作し、データを移しながら内容を確認していく。約束の時間まであと5分というところで、

「見てください！　支店長から融資部長に送ったメールに、『さざなみ動物遊園に融資するな。これまでの融資も一気に引き揚げろ。台風に便乗して潰してしまえ。ペンギンは大波どんぶらこ水族園に引き取らせろ』とあります！」

新菜が画面を指さして叫んだ。

「それどころか、五百川館長からのメールにも決定的証拠があったわ！『さざなみ動物遊園を潰すことに協力していただいた見返りとして、ペンギン転売差益の40%をバックするということでどうでしょう？　未来の県知事にはなむけです』とあるわよ！」

「おお、金銭を約束されていたからこんな荒っぽいことをしたのですね」

ショコラと坂本がメール画面をどこかに送信しているところに、杉田社長から本宮のスマホに電話が入った。

「お前ら、早く支店長のスマホ持って来ないと、足止めにも限界があるぞ！」

それを聞いて本宮はフフッ、と笑った。

「それより社長、お客様がもうすぐ事務所に着くことになっているので、お出迎えをお願いして良いですか？　新聞記者の方とテレビ局の方をお呼びしてます。その方々に、常連のお客様がメールを送ったところです」


翌日の地元新聞は1面で、支店長と五百川館長の悪事が暴かれていた。コハク信用金庫の本部の決定で、支店長は厳しい沙汰《さた》が下されると書かれている。五百川館長は、館長から降格し、ヒラの飼育員に逆戻りだという。ローカル局のニュースも、朝一番からこのニュースを報じていた。テレビ画面には、支店長と五百川館長のメールがしっかり写っていた。

「本宮さん、結果としては素晴らしいよ。でも、お客様まで巻き込んで……」

杉田社長は朝の朝礼前に本宮を呼び止めた。

「社長こそ、ご協力ありがとうございました。支店長をペンギン飼育場まで誘導してくださって助かりました。支店長じゃなくて融資部長が来ると思ってたので、黒幕の直々の登場にちょっと驚きましたけど、臨機応変に融資部長呼べと言ってくれたのはスマホを取り上げる計画にとって最高の思い付きでしたね」

本宮は悪びれず、余裕のある笑顔を見せた。

「いや、しかし、まさか人を攻撃するようにペンギンを調教しているとはびっくりだよ」

「そんな調教、うちらはやっとらんですよ」

田淵が本宮の隣に進み出た。

「うちらの作戦では、笛を吹いてペンギンが一斉に前に出たら、支店長をプールの際まで追い詰めることができるだろうけん、その時にペンギンを抱き上げて撤収作業をするふりをして、わざとぶつかってスマホを落とさせる作戦だったんよ。だから、ペンギンたちには笛を吹いたら前に出るっていうことしか訓練しとれへんですよ」

田淵の言葉に、杉田社長は目を見張った。

「じゃ、じゃあ、あの攻撃をさせたのは、君たちではなかったのか？」

「ええ。ササです。ササが合図して、他のペンギンたちが従ったんです。ペンギンは、通常は群れにリーダーはいません。しかし、一番若いササの指示に、みんなが従ったんです」

武田が誇らしげに目を輝かせて語った。

「やはり、あのケープペンギン・ナンバー33はただのペンギンじゃないな」

「人工育雛の恩返しを十分すぎるほどにしてもらいました。私たちの現ペン神です」

本宮は、事務所に飾っているササのカレンダーに手を合わせた。それを見て、杉田社長もササのカレンダーに深々と一礼し、こう続けた。

「今日は、ふもとの魚屋で一番活きのいいイワシをたくさん買って来て、33に食べさせてやってくれ。私のおごりだ」

よっしゃあ、と武田がそれを聞いて車に飛び乗り、ふもとの魚屋を目指して、美しいカーブを描いて車を滑らせていった。車の屋根は、まるで魚の鱗のように銀色に光っていた。

「完璧なシナリオだったね。映画も成功したし、スマホを奪う作戦も成功だ。最初にカントクさんが提案した時はびっくりしたけど、やってよかったな」

「まいまいさん、私たち支店長や館長に訴えられたりしないでしょうか」

ペンギンたちが交差して泳ぐ水槽の前で、晴れやかな表情でひげを触りながら上機嫌のまいまいさんと対照的に、新菜が不安そうにまいまいさんを見上げて尋ねた。

「あの時は、もう正義の味方気取りで突き進んだんですけど、よく考えたら他人のスマホを奪って中身をコピーしたりマスコミに漏らすなんて、犯罪じゃないかって怖くなって」

猫じゃらしを持ったまま突っ立っている新菜に対し、まいまいさんはペンギンたちを猫じゃらしで集めては、もう片方の手で写真を撮っている。

「その心配はないみたいだよ。ちょっと前に農協に行った時に、こんな噂を聞いたんだ。支店長には愛人がいたんだけど、それが奥さんにバレて、愛人用に借りてた高級マンションに奥さんが乗り込んできて修羅場になったって。その愛人も、奥さんと大喧嘩して怪我したことで支店長に愛想をつかして別れたらしい。だから、支店長は今度のメールの流出は、奥さんか愛人のどちらかが腹いせにやったと思い込んでる。当然、新聞記者やテレビ局スタッフは、誰からの情報だったなんて漏らさない。そんなことしたら、もうスクープは難しくなるからね。愛人と奥さんの喧嘩の一件を聞いてたから、カントクさんのシナリオ通りにスマホを奪ってもバレないって思ってたんだ。それに、実は支店長は知事になるために与党の公認をもらおうと、ある国会議員に賄賂《わいろ》を贈ろうとしていた。このメールのやりとりもしっかりコピーさせてもらったよ。もし、動物園や俺たちに何か言ってきたらこれもマスコミにばらすぞって脅してやるさ」

がっはっはと豪快に笑うまいまいさんを見て、新菜はその場にしゃがみ込んだ。

「おいおい、カントクさん大丈夫か？」

「ああ、もう、もう、本当に良かった。そういうことは、先に言ってくださいよ」

「言ってなかったっけ。それから、さざなみ動物遊園のSNSや、俺たちファンのSNSに荒らしコメントしていたのは、ほとんどが五百川館長が作ったアカウントだったらしい。動物虐待があるとかガセネタばっかり流してたから、業務妨害罪に問われないか、五百川館長はビビってるらしい。まあ、そんなだから俺たちやスタッフさんを訴えるなんてできないんじゃないか」

とぼけるように頭を猫じゃらしの柄で掻きながら、まいまいさんはなおもペンギンの水槽から目を離さなかった。そんな二人の前に、スッとササが降りてきた。

「ほら、現ペン神が降臨されたぞ」

ササは体中に気泡を纏《まと》い、大きな丸い目をぱっちりと開けて、二人に向かって旋回し、そして天使の梯子のような光が射しこむ2階に向かって、また上昇していった。

「ササ……あなたのふるさとを守れて良かった……」

新菜は、上昇しては降りてくるササを何度もスマホで撮影していたが、安堵の涙が溢れて、スマホ画面も、ササもぼやけた。どんなにぼやけても、ササは美しかった。他のどのペンギンより、ササはまばゆく見えた。そして、ササは嬉しそうに何度も何度も旋回した。

山が紅葉する頃になって、新菜の元へ東京の映像制作会社から連絡があった。新菜が監督したクラウドファンディング用のPR動画のロングバージョンが、製作から約1年経ってついに池袋の映画館で上映され、それを観て新菜を雇いたいと言ってきたのだ。

「何で、断ったんですか？　せっかくのええ話なのに」

田淵が口をとがらせて新菜につっかかってきた。

「来てくれるのは嬉しいですけど、チャンスをササのせいでふいにしちゃったのでは」

本宮までも心配そうにしている。この日は、ササの誕生日イベントだ。武田が手作りした深紅のマントと王冠をかぶったササが、ステージでポーズを取っている。

「私、気付いたんです。前に、落ちちゃったコンクールで審査員にフィクションを撮るのは向いていないって言われて、自信無くしていたんですけど、それってドキュメンタリー映画を撮影するのが向いてるってことかなと。この動物園をもっともっと撮って、東北の四季や、そこに生きる人々を撮って、また作品を作ります。ここで出会えた人たちを撮りたい。だから、私のやり方で、誰にも縛られずに映画を撮りたいんです」

「あら、次にあたしを使うなら、もっとギャラは高いわよ」

ササを撮りながらも、ショコラが首をぐるっと新菜の方向に向けて笑う。

「私が調べた、東北の奇祭も色々ありますから、ぜひ映画化してくださいね」

坂本はササをビデオで撮り終えて満足げな表情だ。

「変な感じです、SNS上の匿名しか知らないのに、仲間と言える人たちにリアルで会えて、仲良くできるなんて」

「そういえば、本名言ってなかったな」

まいまいさんが自己紹介しようとしたが、坂本がそれを止めた。

「なんとなく知っている、で十分ではないですか。私たちは、ササくんでつながる仲間です。SNSでまず知り合ったのだから、その名前を大事にしましょう」

「なんか、コードネームみたいでかっこいいわね。あたしは声優名バレちゃったけどさ」

そこへ武田が、常連にサービスと言って、ササを抱いて連れてきたので、新菜たちは一斉にシャッターを切り、その後、ササの背中にそっと触れた。ササは、首を伸ばして、新菜の手を甘噛みしてきた。

「羽繕いしているつもりですね。親愛の証ですが、くちばしは鋭いですよ」

武田が危ないからと離そうとしたが、ササはなおも新菜に甘えようとした。

「信じれば、神はそこにいる。あなたが本当はただのペンギンでも、私にとっては人生の希望であって、道しるべになった。ササ、私はあなたを神と信じて、ここまで来れたよ」

ササがじっと新菜の顔を見つめて、首を傾げた。どこか、笑っているような表情だった。

さざなみ動物遊園は、その後も数年間、自然災害や疫病の流行などで経営の危機に立たされたが、その都度、新しいイベントの開催や工夫を凝らしたSNSの発信で、東北で真っ先に名前が挙がる有名な動物園になった。ペンギンの数がどんなに増えても、最も有名で人気者なのはケープペンギン・ナンバー33であり、全国から客が訪れた。海外からの客もいまだに絶えない。そして、近畿や九州に住みながら年間パスポートを持つリピーターまでいる。

もうすっかり大人のペンギンの模様となったナンバー33であったが、常連の顔はしっかり覚えており、数百人の客が集まっても昔からの常連の元へ駆け寄ってくる。スタッフも、常連も、動物たちも、共に危機を乗り越えた強い絆で結ばれているため、お互いに忘れようがない。新人スタッフは、まず、研修で古くからの常連たちとスタッフの武勇伝を聞かされるそうであるが、その内容は口外してはいけないことになっている。

観光客誘致の功績を讃えて、数年前の台風で線路が流された、さざなみ動物遊園の最寄り駅に、ナンバー33の銅像が立つことになった。その除幕式には特別ゲストとして、ナンバー33と、国際的な賞を受賞した映画監督が呼ばれることになっているそうである。

今夜も愛に辿り着かない

春に心が浮かれる人もいれば、憂いに沈む人もいる。

桜を見て自然の生命力を感じる人がいる一方で、散りゆく姿に我が身の儚さを重ねる人もいる。

２０１６年3月末。東京タワーと満開の桜が共演する街で、外科医・池添《いけぞえ》麻里那《まりな》は遠くを見つめていた。その瞳には、桜は映っていない。ワインショップのイートインスペースのテラスで、すっかり温んだ白ワインを傍らに置き、その美しさで、テラス沿いの大通りを行く人の視線を無駄に浴びていた。

「学会が終わったら食事に行くぞ。学会が開かれる大学病院の近くで待ってろ。終わったら連絡する」

数時間にわたる手術を執刀し、疲れ果てて帰ろうとした麻里那のスマホに、恋人・高梨《たかなし》隆一《りゅういち》から届いたメールは、いつものように唐突で、そして命令口調だった。

麻里那は慌てて高梨が出席する学会の終了時間を確かめると、ロッカーから小さな鞄一つを引っ張り出し、コートも着ずに最寄り駅まで走った。

「分かりました。大学病院近くのどこかの店で待っています」

帰宅時間のピークと重なった電車は人々が密着して乗り込んでおり、吊革も満足に確保できないままの麻里那は、電車内でそれだけのメールを打つのがやっとだった。

高梨は麻里那と同じ外科医だ。勉強熱心で向上心の強い彼に惹かれ、交際し始めたのは麻里那が研修医時代であったが、付き合い始めて8年目となるこの春も、高梨から結婚の話は出そうになかった。

「手術の予定がなかったら、この学会、私も参加したかったな」

麻里那は高梨にそう伝えておいたのだが、その時は、

「それは残念だったな」

という軽い反応しか返ってこなかった。しかし、学会が終わったら食事に行こうと誘ってきたのは、麻里那に学会の内容を伝えてくれるためかもしれない。そう思うと、麻里那は手術で疲労困憊した体に鞭打ってでも、高梨の指定する場所に向かいたくなった。

大学病院に隣接するカフェは閉店時間が迫っていて、入れそうになかった。

しかし、大学病院近くの有名な神社の石段の傍らに、赤煉瓦の色合いが温かみのある瀟《しょう》洒《しゃ》なワインショップが月灯りに煌々と照らされていた。入り口には、手書きの看板で、「グラスワインをテラスでお飲みいただけます。1杯500円」と書かれ、テラスのテーブルの上には、近くの並木から飛んできた桜の花びらが数枚乗っていた。

麻里那は春の夜の幻のような店の佇まいに強く惹かれ、どうしてもここに寄らずにはいられなくなり、小さな金色のベルの付いた扉を押して入った。店内には誰も他に客がいない。白ワインを1杯テラスで飲みたいと告げ、そのうえ、このワインショップ直輸入だという珍しいシャンパーニュが目についたので、これを買い求めた。もうじき誕生日を迎える、お菓子教室の恩師・城山《しろやま》結愛《ゆあ》のためだ。高梨の学会終了予定時刻まで、あと30分。

「隆一さんに急に呼び出された。今、テラス席で待ってるところ。コートを着てくれば良かったのに、慌てすぎて置いてきちゃった。春でも寒い！」

　オレンジのルージュをワイングラスに移しながら、麻里那は中学時代からの親友である天羽《あもう》桂子《けいこ》にメールを送った。お互い別々の大学に進学し、桂子は地元の徳島県庁に就職、麻里那は東京で外科医となっても、メールのやりとりの頻度はそれぞれの家族より多い。麻里那が隆一と付き合い始めた頃から、桂子は相談や愚痴に付き合っているので、誰より二人の歴史を知っている。桂子からの返事を待つ間にも、外の風は冷たさを増し、まさに季節は「花冷え」であると麻里那の長い脚に教え込むように吹き付けた。

　桂子はまだ仕事中なのか、すぐには返信が来なかった。麻里那はスマホを気にしながら、もったいぶるように少しずつワインを飲んだので、外の気温より温くなったワイングラスが空いたのは学会終了時刻を10分も過ぎた頃だった。高梨から連絡はない。

「お代わり、いかがですか」

ふと、品の良い女性が声を掛けてきた。マダムと表現した方が似合う。エルメスと思しき艶やかな柄のスカーフを巻いており、この店のオーナーである威厳がその凛とした振舞いから滲み出ていた。

「ええ、いただきます。まだ待ち人は来ないので」

麻里那は空になったグラスを細長い指を添えて差し出し、そこにマダムがゆっくりと2杯目の白ワインを注いだ。

財布を取り出そうとする麻里那に、マダムは微笑みかけ、

「待ち人が来るまでのサービスです。すでに一本、シャンパーニュをお買い上げいただきましたしね。ごゆっくり」

と、鮮やかに支払いを拒み、麻里那の膝に優しくブランケットを乗せ、店の奥のワインセラーに吸い込まれていった。

二杯目のワインの入ったグラスには、乾いた唇からルージュの色移りがしなくなっていた。元々、あまり酒が強い方ではない麻里那は、今日だけで半年分くらいのワインを飲んだ気がして、疲れもあいまって軽い眠気と戦い始めた。

「もう、この二杯目のワインを飲んだら帰ってしまおうか。閉店時間まであと20分。それともあとちょっと、待った方がいいと思う?」

麻里那は桂子に二通目のメールを送った。眠気でうまく指が動かないながらも、桂子へ

のメールは誤字なく送ることができた。

「今仕事終わった！　あんた、また呼び出されたんやね。せめて閉店まで待ったらどうで？　勝手に帰ったとなると次に会《お》うた時にめっちゃ機嫌悪いやろ」

桂子から、東京では滅多に聞くことのない阿波弁でメールが返ってきた。かつては訛りを聞きに停車場に行く歌人もいたが、今では掌に方言が届くと麻里那は小さく笑った。

「そうする」

と桂子にメールを打ちかけていた途中で、高梨からメールが入った。

「今どこだ？　病院の東門にすぐ来い」

麻里那は慌ててグラスに８分の１ほど残ったワインを飲み干し、立ち上がった勢いで足をテーブルの脚に派手にぶつけたものの、マダムのブランケットは落とさないように大事に抱えて、店番の女性にグラスとブランケットを返した。次の瞬間、麻里那はあれほど心惹かれた店を振り返らずに、大学病院の東門へ向かって走った。

「遅いじゃないか。何だよそのワインは。お前あんまり飲まないだろ」

「これはプレゼントです、友人への」

「男じゃないだろうな」

そう言いながらも、高梨は口元に少し笑みを浮かべていた。麻里那と会う時はいつもこうだ。何か嫌味を言わずにはいられず、麻里那が姿を見せた直後は笑顔を浮かべない。それでも、会えたことが嬉しいということは、わずかな唇の動きで麻里那には伝わっていた。

「学会はどうでした？　勉強になりましたか？」

「ああ、最高だったよ。アメリカの外科手術の権威が最新の症例と手術の方法を解説したのが良かったな。あれなら応用がききそうだ」

高梨は早足で歩きながら、興奮した様子で学会の内容を早口で麻里那に伝えた。難しい専門用語の説明はするが、どこの店に向かっているのかは説明しない。麻里那は、決して軽くないワインボトルを大事に抱えたまま、高梨の説明を聞きながら歩き続けた。

「学会で、大学時代の知り合いと会ってさ。終わった後に話していたら遅くなってしまって。別に昔の彼女とかじゃないけどさ、大学時代は結構一緒にいたからさ」

ガード下のラーメン屋の暖簾《のれん》をくぐる頃、今度はいたずらっぽい笑みを浮かべて高梨は麻里那を見つめた。

麻里那は知っている。高梨が女性の影をわざとちらつかせる時は、麻里那の気持ちを試しているだけであって、実際には女性はいない。逆に、親密な女性なんていないふりをする時は、別の女性がいる時だ。女性がいるような嘘をつく時は、少しやきもちを焼くふりをして上機嫌にしてやるか、あまり構わないでおいて自分を追わせて優位に立つか、麻里那はその時々で使い分けていた。

「その方も勉強熱心ですね。じゃあ、私は塩ラーメンで」

並んでカウンターに座り、麻里那は高梨の話をさらっと流した。今日の高梨は比較的機嫌が良いので、これ以上調子に乗らせることはないと考えただけでなく、仕事終わりに呼び出されたうえに待たされたので、隠れた怒りが心の奥でふつふつ湧き上がっていたためだ。

「これ、まずいからいらない。やるよ」

高梨は大盛りの味噌ラーメンから、細長いメンマを何本かつまみ上げ、麻里那の丼に放り込んだ。塩ラーメンに味噌スープの茶色が雨の日の池の水紋のようにじわりと広がった。麻里那は呆れて反論もできなかったが、「スープは結構うまいな」と夢中でラーメンをすする高梨が、まるで部活帰りの少年のように生命力に溢れ、純粋で愛らしく見えたので、その横顔を5秒間、つい微笑んで見つめてしまっていた。

「何だよ」

高梨が顔を上げたので、麻里那は丼に視線を戻し、無言で麺をすすった。高梨が食べ終わるまでに食べ終わらなければ、また機嫌が悪くなる。学会の話は、高梨の部屋でゆっくり聞けばいいし、見つめるのも今でなくて良い。その5秒は、麻里那にとっては自制した短時間であり、本当は食べ終わるところまで見届けていたかったと思った。

「駄目だ。こってりしたラーメンで胃が重い。もっと軽い物が食べたかったのに、ラーメン食べるあいつの姿が可愛いなんて思った自分が馬鹿すぎる」

麻里那は、帰りの電車でその日の報告メールを桂子に送り、最後に「返信は今日でなくていいよ」と書いてあったのに、桂子は「私も彼氏と電話して遅くなったけん」と律義に午前1時に返信してきた。

「待って会えたけん良かったけんど、困らされたことも事実なんやし、文句くらい言うた方が良かったんちゃうん？　食べたいもんも言うた方がええのに、あいつの食べたいもんに付き合わされて。しかも安いラーメンさえ割り勘やろ。相変わらずドケチやな」

「言いたいことは言えないよ。ぎりぎり、冷たい態度を見せて追いかけさせることはするけど、言いたいことを何でも言うと二度と会えなくなりそうで怖いから」

麻里那はそう打ち終えると、そのまま泥のように眠っていった。ベッドの傍らには、桂子から誕生日にもらったプリザーブドフラワーが色褪せることなく咲き誇っていた。

「私も、彼氏というより野良猫に会っているようなもの。来んようになったら終わり。どこ行ったかも分からん。麻里那は職場で会えるんやし、もっと何でも言い合えた方がええよ」

朝に読んだ桂子からのメールは、朝陽の中でも孤独の色合いが濃く見えた。

「桂子も辛い恋愛してるよね。遠距離恋愛っていっても彼氏は大阪だから、徳島とはバスでも行き来できるんだし、もっと桂子のこと気にかけて来てくれたらいいのに。でも、結婚するなら彼氏が徳島に転職するか、桂子が徳島県庁辞めないとだから、難しいね」

麻里那のメールに返信があったのは、桂子が休憩時間を取れた午後2時だった。

「お互いの仕事を考えたら、結婚はないけんな。ほんでも徳島だと、同世代はほとんど結婚しとるから、相手探すのも一苦労やし。別れるか結婚するか、結論出す時が来るよなあ。そんときはまた相談するけんな」

「私も相談する。いつも返事くれて本当に助かるよ。心の支えだよ！」

お互い、次の年末年始には徳島で会いたいね、とメールをして、麻里那は高梨のいる日常の業務に戻っていった。


一日の仕事を終え、麻里那が帰り支度をしていた時、麻里那と同じ大学を卒業した同期の医師が話しかけてきた。

「来週の小林くんの結婚式、池添さんも呼ばれてる？」

麻里那はその言葉に一瞬凍り付いた。青ざめた顔を見られないように、ロッカーの陰に隠れながら答えた。

「呼ばれてないよ。卒業以来、疎遠になってたし」

「そうなの。久しぶりに同期会みたいになると思ったんだけどな。相手は、2年付き合ってたフリーアナウンサーの斉藤さんだって。時々テレビで見る人だよ。じゃ、お先」

そのまま麻里那はロッカーの陰に隠れたまま、しばらく放心して佇んでいた。小林は、麻里那の大学時代の恋人だ。交際期間は半年もなかったので、同期でも二人が交際していたことは知らない者の方が多い。どちらかというと目立たないタイプの男性であったが、麻里那と別れてからのちに、読者モデルをやっているアパレル会社の女性と付き合い始めたと同期の間で話題になった。卒業後は派手に外車を乗り回し、クラブに通って踊るようになり、麻里那の知っている大人しく朗らかな小林ではなくなっていった。しかし、別れてから、一度だけ麻里那に相談があった。1年ほど前の話だ。

「有名な医師が揃っていて勉強になるけど給料の低い病院に転職するか、このまま給料は高いけど大して勉強にならない今の病院に残るか、どっちがいいと思う？」

麻里那は、勉強になる方の病院を勧めた。その方がたくさんの人の命を救う技術が身に付く、と力説した。小林は、一瞬、昔の地味な表情をのぞかせ、やっぱりそうだよなあ、と言いながらも、手首に巻き付けた重そうなシルバーアクセサリーを弄りながらこう続けた。

「でも、女子アナやってる彼女が猛反対するんだよ。給料下がるなんて嫌だって」

小林は結局同じ病院に勤めている。その時、小林は医師としての成長より彼女の機嫌を最優先した。交際している相手の顔色を窺い、嫌われないように振る舞うことは高梨との交際で麻里那が身に付けてしまった悲しい習性だ。そのため、麻里那は小林を責める気にはなれなかったが、恋人の成長より金のことしか頭にない女性が選ばれる現実を、今知った。

「元カレの小林が結婚した。相手は女子アナ。前に話した、派手な整形女。金目当ての女がどうして選ばれて、相手を応援するタイプはどうして結婚できない？　私は隆一さんの留学も耐えてきたのに」

ロッカーの前に立ち尽くしたまま、麻里那は桂子にメールした。頭に血が上り、いつもより指の速度が上がっていた。

「私もそれが許せん。じっと耐える女は便利な女と思われて、わがまま言う女より扱いが悪い。高学歴の女はモテないと思って、高学歴や高収入の男は上から目線で来るくせに、相手が女子アナとかCAとかだったらわがままも許す奴が多いんよな。最初から言いたいこと言うとかんと、下に見られたままやけん、最初が肝心かもしれんな」

桂子も、街コンで知り合った大阪の彼氏が徳島に来るのをじっと待ち、呼ばれるまで大阪には行かない。彼氏はたまに桂子を大阪に呼んでも、大阪の人気スポットを案内することはあまりせず、飲み屋を回る程度で、しかもいつもどこか上の空だった。

「最近も親に結婚は？　って訊かれたけど、仕事忙しいってごまかした。実家に電話すると毎回毎回、結婚の話ばっかりで疲れる。仕事こんなに頑張って、たくさんの人の役に立って、その結果、結婚できないっておかしいよね。男だったら仕事で成功したら結婚は確約されるのに」

「どんなに仕事で立派なことをしても、親は子供が幸せな結婚して子供を持つことが最高の親孝行と考えとる。だったら勉強させなくて良かったのに。いい仕事に就いて、そのうえ結婚するっていう、結婚はデフォルトだという発想がもう通じんよ。結婚したいならしたたかに進学先、職業から考えないといけない。県庁勤務でも徳島だとエリートコース扱いやから相手探しが難しくなるだけに、そう思うわ」

「お前、まだ残ってたのか。じゃあ、牛丼でも食いに行くか」

麻里那がロッカールームを出たところで高梨と出くわし、そこで桂子とのメールは途絶えた。また結婚できない男に付いて行ってしまった、といつもより大きい牛丼をかき込みながら麻里那は反省した。しかし、高梨と牛丼を食べているからこそ、小林の結婚の衝撃が和らいでいるのも事実である。そして、その後で桂子とまた高梨や小林の悪口をメールでやり取りすれば良い。そうすれば明日も仕事を頑張れる。そして、愛情の深さが評価されない汚い世界で生存できる。牛丼を勢いよく食べながらも無表情の高梨を見て、麻里那は幸せってどんな形をして、どこにあるんだろう、と、ふと思った。

親友と彼氏、どちらが大事かというのは愚問である。それぞれの果たす役割は違う。彼氏に相談できないことは親友に相談する。親友がいるからこそ、辛い恋愛も続けることができる。しかし、親友だけで彼氏がいないというのは、一緒にいても焦りが募るか、互いの不幸に安住するか、どちらかとなる。かといって、彼氏だけしかいなければ、恋愛に求めるものが多くなりすぎて、恋が終わってしまう。そうなった時には、慰めてくれる親友がいないことは堪え難いものだ。人間は、いくら相手が大切でも、相手の荷物を持つのには限度がある。持ってもらう荷物を分散して、バランスを取って生きていく。麻里那と桂子は、お互いの荷物を少しずつ持って、それでいて自分だけで荷物を持つより軽く、生きてきた。持ってもらう荷物の中身は、中学時代と大人になった現在とは違うけれども、相手の荷物の中身を知らないことは、かえって不安だった。ただ、桂子は麻里那よりも、荷物の中身をはっきり見せない時がある。麻里那は、もっと自分を頼ってほしいと思いながらも、他人には任せられない荷物もあることを知っていた。

気難しい高梨も、麻里那にたくさんの荷物を預けて、麻里那も桂子には背負わせられない重い荷物を高梨に預けることもある。高梨の荷物の方が重い時もあるが、麻里那はそれでもいいと思って何年も歩いてきた。その荷物の一部は時に桂子に預けながら。

「学会が終わったら、次の日は近くにある動物園に行こうか。お前、動物好きだろ」

２０１７年12月に、学会が東北で開催された。ここ数か月、高梨と二人で出掛けることも少なくなり、休みの日には塞ぎ込んで家に籠ることの多い麻里那であったので、久し振りに高梨は麻里那を学会と動物園に誘ってみた。

「そうですね、いい気晴らしになるかもしれない」

学会が終わった翌日は二人揃って休日であったので、二人はレンタカーでさざなみ動物遊園に向かった。

「やっぱり、昨日の学会は長すぎたよな。どこでもある症例ばっかり紹介したあの教授、いらなかったよ。あの時間削って、他の医師の話を長くすれば良かったのに」

高梨は、麻里那に気の利いたことを言おうと思っても、結局は文句にしか聞こえない話しかできなかった。しかし、こういう専門的な話や、いつ終わるか分からない愚痴を聞いてくれるのは麻里那しかいないと、甘えていた。麻里那はいつも自分を肯定してくれる、その自信が高梨にはあった。

「そう思います。やっぱり、時間配分ミス、そして人選ミスですよね」

麻里那が思った通りの回答をしてくれたので、高梨は上機嫌になり、麻里那の機嫌を取ることを忘れ、ひたすら文句を言い続けた。麻里那は疲れた様子であったが、全て高梨の意見を肯定した。ただ、半分は聞き流されていたことに、高梨は気付いていない。

「うわあ、この子、本当にペンギンですか？　こんなペンギン、見たことない！」

ペンギン飼育場の入り口で、生後2か月のケープペンギンのヒナ、ナンバー33がサンタクロースの格好をして客を出迎えていた。全身が灰色のふわふわした綿羽《めんう》に覆われ、純白のお腹は綿羽が少し抜け、そこから星のような配列をした黒い斑点がうっすら透けて見える。目は真っ黒でまん丸であり、奥底から光を放って輝いている。目の周りと顎の辺りには白い綿羽が生え、凛々しい顔立ちを際立たせていた。着ている赤と白のケープが少し重いのか、足取りは覚束ないが、その姿が余計に愛おしさを増した。

「まだ赤ちゃんなんです。ケープペンギンの赤ちゃんでも、こんな綺麗な子はめったにいませんよ」

笑顔が可愛らしい小柄な女性スタッフは、特別にどうぞ、とこっそり囁いて、麻里那にもヒナを触らせてくれた。綿羽部分はまるで雲のように軽く、これまで現実世界で触れたことのない柔らかさで、綿羽の抜けかけた白い腹部は、極上の絹のような滑らかすぎる手触りであった。まるで高級なぬいぐるみのようであったが、その温かさが生き物であることを掌越しに伝えてきていた。

麻里那は、高梨にカメラを渡して、ナンバー33とのツーショットを撮ってもらった。高梨は、麻里那のほどけたような笑顔をファインダー越しに見て、ああ、本当に満ち足りた時はこういう笑顔をするんだな、と感じていた。その笑顔は、高梨が初めて会う女性のようで、これまでよく見てきた、自分を何でも肯定してくれる麻里那の顔ではなかった。その表情を見て、高梨は幼いペンギンに嫉妬する自分が情けなくなるとともに、麻里那を困らせたいという欲望がどうしても抑えきれなくなった。

「他も回るぞ。俺も新しい一眼レフ買ったばかりだから、色々な動物撮っていい作品を残したいんだよ」

ナンバー33からなかなか離れようとしない麻里那を半ば引っ張るような形で、高梨はライオンを展示している場所へ向かった。すると、ライオンコーナーにも生まれて1か月以内の赤ちゃんライオンがおり、飼育員がミルクを哺乳瓶で与える様子がガラス越しに見られるようになっていた。空中で手を交互に突き出し、親の腹を押しているつもりの目の開いていない赤ちゃんライオンは、獰猛《どうもう》さの欠片もなく、ただひたすらにか弱く、守られるべき愛くるしさの塊であった。

「わあ！　柔らかそうな肉球！　ここの動物園、赤ちゃんラッシュですね！」

麻里那は大はしゃぎでライオンの赤ちゃんに見入っている。その姿を見て、高梨は麻里那と結婚しなかった9年の月日を思い、出会った時には20代であった麻里那が30代となったことを改めて考えさせられた。

医師の家系に生まれなかった高梨は、小さい頃から神童と呼ばれた頭の良さの上に、並々ならぬ努力を積み重ね、東大の医学部を卒業した。小さな工場を経営する親には、私立の医学部は行かせられないと泣きつかれていたためだ。しかし、いざ研修医になってみると、親も医師であるという者の多さに面食らった。聞いたことのないような私立の医学部を出た者は、裏口入学ではないかと疑うほど仕事ができなかった。自分より仕事ができない者が、このまま親の病院を継いで、何の初期投資もなく開業医の肩書と収入を得ることが許せなかった。ただ、高梨はこれらの者より仕事ができるだけでなく、容姿が良かった。そのため、女性にいくらでも言い寄られ、何人も同時に付き合うことができると示すことが、恵まれた環境にある者への復讐のような気がしていた。

家が開業医でない医師の中には、開業医の娘と結婚するために医師専門の結婚相談所に登録する者もいた。しかし、高梨は妻の親に頭が上がらなくなる暮らしはプライドが許さなかった。

麻里那は実家が鞄屋で、実家が病院ではない数少ない医師であった。学生時代も医師になってからも勉強漬けで、向上心が強いところに高梨は惚れ込んだ。どこか、自分と似た境遇の者といることで、高梨は満たされない心を守り、自分の人生を肯定しようとしていたのかもしれない。しかし、どれほど麻里那を好きでも、やはり結婚することにメリットを感じられず、麻里那に嘘をつきながら年月を浪費してきた。

「お前に子供がいないから、動物の赤ちゃんが特別可愛く見えるんだよ」

麻里那の背後で、高梨がライオンを撮影しながら冷たい言葉を浴びせかけた。

麻里那は強張った表情で、高梨を静かに振り返った。高梨は、一眼レフを構えたままで、麻里那と目を合わそうとしないまま、言葉を続けた。

「周りを見ろよ。ほとんどが家族連れだろ。お前より若い母親もいっぱいいる。30歳すぎて、動物の赤ちゃん可愛いなんて言っていたら、痛々しいよ」

その言葉を聞いて、麻里那はライオンの前から離れた。

「何を急に言い出したんですか……私、結婚したくないわけじゃなかったのに……」

もう少しで怒り出すか、泣き喚くかという怒りと悲しみの混じった表情の麻里那を直視せず、ライオンを連写しながら高梨は言った。

「俺とお前の失敗は、もっと若い頃に子供産まなかったことだよ。俺は結婚したくなかったけど、子孫は残しておけば良かったって思う時もあるんだよ、今更遅いけど」

その後、麻里那は何もしゃべらなかった。高梨と離れ、一人で動物園を回った。高梨はそんな麻里那を見て、悪いことをしたと悔やむ気持ちはあったが、麻里那が傷付いているのを見て勝ち誇った気持ちが勝り、自分の優位性に酔いしれていた。

麻里那が閉園間際にもう一度ペンギン飼育場に向かうと、外に出てお客の見送りをしていたナンバー33が、麻里那の側に小さな歩幅で懸命に歩いてきた。そして、目線を合わせようとしゃがみ込んだ麻里那の膝に、突然飛び乗った。

「お客さんのこと、気に入ってしまったみたいですね」

小柄な女性スタッフがにっこりと笑ったので、麻里那もつられて笑顔になった。

「ありがとう、君は優しいね。いい子だね」

「ピイ、ピイ」

麻里那がゆっくりと背中をなでると、ナンバー33は元気よく首を振って鳴いた。

「甘え鳴きです。甘えている時のしぐさと声ですね」

こんな小さな命が、懸命に生き、そしてずっと体の大きい麻里那を励ましていた。

「元気をもらいました。また、絶対来ます」

麻里那はナンバー33をスタッフにそっと渡して立ち上がると、「負けるもんか」とつぶやきながら、高梨の待つレンタカーに大人しく乗った。しかし、新幹線の止まる駅に着くと、自由席に座る高梨を横目に、「私、広い席に座りたいんで」と言い捨て、グリーン車の座席に座り、一番値段が高い駅弁を食べながら東京に戻った。

「帰りの車の中で、動物の写真をSNSに上げるって言ってたの。私にはこれまでSNSやってるって言わなかったのに。聞いたら、看護師さんたちにはSNSのこと教えてたみたい。だから、アカウントを看護師さんに聞いて、友だち申請したのに、3日たっても友だち承認してくれないから投稿が見られないの」

休憩時間に椅子に座ってうなだれたまま、麻里那は桂子にメールを送った。

「動物園の一件はひどかったな。麻里那が動物の赤ちゃんに夢中になってるのを見て、やきもちやいたんやろ。自分だけを見てほしいなんて、おっさんなのに中身は子供やな。あいつのSNS見たら、自分以外の誰かと会ってるけど誰やろとか嫉妬したり、一人で出掛けたって投稿見て誘ってくれなかったとか怒って疲れるから、見んようにした方が精神的に楽と思うよ。もう友だち承認申請を取消したらええんちゃう?」

いつも桂子は的確に答えてくれる、と麻里那は安堵のため息をこっそりと漏らした。S

NSを開き、高梨への友だち承認申請を取り消し、今度は深呼吸をしてから足取り軽くコーヒーを買いに病院内のカフェへ向かった。カフェの注文口で並んでいると、後ろから高梨が入ってきて、何事もなかったかのように気安く麻里那の背中を叩いた。

「お前、ちょっと太った？　ノンシュガーのコーヒーにしろよ。ちょっとは痩せたまえ」

憎まれ口を叩きつつ、ニヤニヤしている。その表情を見ると、麻里那はもうこんな奴のSNSを見たいと思うことがくだらなくなり、友だち承認申請を無視した件を問い質す気にはなれなかった。

「そういえば、今度の手術、結構難しいからお前に助手に入ってもらいたいんだけど」

「えっ、隆一さん担当の患者さんの石動《いするぎ》さんですか？」

「そうそう。検査結果が思わしくなくてさ。後で術式について打ち合わせするぞ」

仕事の話になると、麻里那はどうしても高梨を憎む気になれず、一緒に話し合う時間が何よりものめり込める。

「仕事のモチベーションと恋愛を分けないと、関係が悪化した時に仕事ができなくなる。どうしたらいいでしょうか」

居心地が良いので、疲れた時にわざわざ電車に乗ってまで、麻里那はあの神社の石段横のワインショップに通うようになっていた。マダムは、あまり酒に強くない麻里那が美味しく飲めるよう、時にはノンアルコールのワインも勧めてくれたが、この日は酔いたいと言って、麻里那はマダムが厳選したピノノワールをテラス席で堪能していた。

「職場恋愛は、面倒よね。もっと割り切るしかないいんじゃない？　彼氏を利用して、もっと上に行くって気持ちで」

マダムも同じワインを愉しみながら、麻里那に言った。

「マダムの言う通りやと思う。いざとなったら、もっと条件のいい病院に転職すればええし。それまで奴を利用してやり」

桂子からもエールが届いた。麻里那は、まだ数口しか飲んでいないのに、一粒の涙を流した。テラス席のテーブルに、それは真珠のように転がった。

「あらあら、もう酔っちゃった？」

マダムが笑いながら水を差しだす。麻里那は一口、水を飲んで、

「そうですね、仕事のためと思って、職場でのあいつは恋人としてのあいつと別人だと思って頑張ります」

と語気を強めて宣言した。

「まあ、辛いことがあったらいつでもここでワインを飲みなさいな。美味しいワインは女を裏切らずに幸せにするわよ。気分が変われば人生も変わるわ。たとえ1杯でもね」

「ええ相談相手やな、マダムは。私にはできんアドバイスしてくれるわ」

「そんな、マダムの回答も必要だけど、桂子もいないと困るの」

「ええよ、いつでも聞くよ。ずっと聞くよ。夜中でもメールしてよ」

麻里那は、ワインショップに行くたびに、酒に強くなっていく気がした。同時に、以前なら対処できなかった悲しみにも、少しずつ強くなっているような心持がしていた。


２０２０年春。研修医の歓迎会で、高梨から、「俺、池添と付き合ったことあったたっけ」と同僚らの面前で放言され、大恥をかいた麻里那は、高梨のいる病院にしがみつくことが気持ち悪くなった。麻里那の技術は、もう高梨を超えるほどになっていた。それでも高梨のいる病院にいたのは、もはや仕事のためではなく、高梨への恋慕であった。

ちょうど、麻里那をヘッドハンティングする大きな病院があった。麻里那は高梨と離れたくなくてこれを断ろうと思っていたのだが、これで踏ん切りがついた。

「さすがに傷付きました。生きている意味はないと思いました。もうあなたの前から消えます。お元気で」

麻里那は高梨にメールを打つと、荷物をまとめ、新しい勤務先に近いマンションに移り住んだ。前の職場の同僚らには、行き先を高梨に告げないよう、口止めをした。

新しい職場でも、じわじわと疫病の脅威が迫っていた。外科手術は急ぎでないものは延期となり、感染予防のため、入院患者と家族の面会も制限されるようになっていった。麻里那は、未知のウイルスとの長い闘いの入り口で、これまでにない緊迫感に包まれ、感染症対策の勉強を始めたが、まだ特効薬もなく、全てが手探りであった。

「婚活もできる雰囲気ではなくなったね」

日課のように、桂子にメールを送る。

「でも、新しい出会いもあったんちゃうん？」

「うん、先輩で、10歳上のバツイチの人がいてね、私に『来た早々、大変なことになって悪いね』ってよく声かけてくれるの。偉ぶってないし、いい人だよ。今度、食事に行こうって誘ってくれたの」

「じゃあもうそっちにせなあかんな。あいつはどうなった？」

「それが……疫病に感染して入院したって、前の職場の人が連絡してきて……もう人工呼吸器付けるほど危ないからって連絡してくれたの。１か月くらい前かな。その後は分からない」

「もうほっとき。あいつと今は何の関係もないんやから。他人や。結婚できん女性って、彼氏がおらん女性より、結婚する気がない彼氏がおる女性が多いんやけん。このまま同情してまた付き合ったら、一生結婚できんよ、私みたいに」

確かに、もう高梨は見捨てて構わないだろう。結婚を考えるなら、たとえ相手に結婚歴があっても、条件が合って、人生のパートナーとなり得る相手を選ぶべきだろう。しかし。

麻里那は顔を覆って後ろ向きにベッドに倒れ込む。隣で桂子からのプリザーブドフラワーが揺れる。永遠に枯れない、生花のふりをした加工された花が。

「隆一さんと一緒だと、悲しいことが7割、楽しいことは3割だった。でもその3割が嬉しくてたまらなかったの。隆一さんがいない今、悲しいことは無くなった。その代わりに、何の楽しみも驚きもないの。突然、隆一さんに呼び出されることは迷惑だったけど、もうその困惑も緊張も起こらない平坦すぎる日々が寂しいの。悲しみが大きくても、それもないよりずっと良いの。ずっと良いのよ、その方が。痛みがあっても」

「あんた、本当に寂しいんやね」

麻里那は突然、声を上げた。涙声だった。

「そりゃそうよ。親も兄弟もいつか死ぬ。趣味のお菓子教室も行けなくなった。そして、桂子も死んじゃったじゃないの。私を置いて。何で一言相談しなかったのよ、あんなにメールしてたのに。肝心なことは言わないじゃない、あんた。何で死んだのよ。何でよ。大阪の彼氏と何があったのよ。あいつ、葬式も来てなかったじゃない。どうして勝手に死んだのよ。私が初めてさざなみ動物遊園に行った時、もう桂子はこの世にいなかったじゃない。あの年の春先に死んじゃって。一緒にペンギン見たかったよ。もっとたくさん、桂子と遊びに行きたかったんだから！　こんな疫病の蔓延した世界に、私を一人残さないでよ！」

泣きじゃくる麻里那の傍らに置かれたスマホは、桂子へのメールで溢れていた。しかし、

２０１７年3月の半ばから、桂子からの返信はなく、ずっと麻里那の送信メールだけが延々と続いていた。

死者は時に生者より雄弁だ。

彼女自身の人生は完結したのだから、「きっとこう言うだろう」「過去にこう言っていた」が揺らぐことはない。もう成長も、退化もすることはないのだから。物理的に返事を返さなくても、いつも麻里那の頭の中で桂子の声がする。桂子なら、言ってくれる言葉が聞こえてくる気がする。麻里那の記憶から想像の中で、桂子は変わらず生き続ける。連絡を返さない生者より、ずっと親切な友人のままである。それは、永遠の命である。変わることのない友情である。死によって、堅固になった友愛である。

「泣かないでよ。私もまさか死ぬとは思ってなかった」

「でも桂子の肉体は死んだ。私は桂子を覚えているために辛いだけの今を生きているの。それがどんなに虚しいことか！　私の方が死ねば良かったのよ！　桂子が死んだから、どんなに辛くても自殺なんてできなくなったじゃない」

その時、麻里那のスマホに生者からのメールが届いた。

「突然すまないね。明日、良かったら食事に行かないか？　懐石料理の個室を予約しておくよ」

麻里那に好意を寄せているバツイチの先輩からだ。麻里那は涙を乱暴に拭って、行きます、と返信しようとした。その時だった。その送信ボタンを押す1秒前、マンションのインターホンが鳴った。麻里那が頼んでいた宅配便だろうと慌てて出たところ、麻里那はインターホンに映った姿に絶句した。そこにいたのは、高梨だった。彼は、少しやつれて見えたが、わざとカメラから目を逸らし、不機嫌そうな表情をしていた。何十回も東京で見た、インターホン越しの懐かしい高梨の姿が麻里那の頭の中でリフレインされた。幽霊じゃない。生きてた。その喜びと驚きに麻里那は涙が止まらなかった。

「出たらあかん、今度こそ結婚できん。私のようになったらあかん。新しい人を選ばんと、あんたまた一人になる」

桂子からの警告が麻里那の頭の中で聞こえる。

「お前の家、調べて悪かった。でも会いたい。部屋に入れなくてもいい、せめてマンションのロビーまで出てきてくれないか」

ここは徳島県、麻里那の故郷だ。高梨は、徳島県までやって来ていた。

「やめとき、無視せんといかん！　幸せになりたいんやろ！」

「ごめん桂子、私、寂しさに耐えられない。その場しのぎでも、結婚の可能性がなくなっても、それでもこの人に会わずにはいられないの。12年付き合った思い出を、新しい人は超えられないの。先輩には恋愛感情を悪いけど持てない。やっぱり、隆一さんが好きなの。辛くても、頭で分かっていても、どうしようもないの。愛されていないことも知っている。

また惨めに捨てられることも覚悟してる。あの人は、私に執着してるだけ。それでも一緒にいたいの、たとえ永遠に愛されなくても」

麻里那は、ドアを開け、高梨の待つエントランスホールへ小走りで向かった。そしてエレベーターの中で、桂子に一言、メールを送った。

「ああ、今夜も愛に辿り着かない」

〈著者紹介〉

二本松 海奈（にほんまつ・うみな）

徳島県出身。東京都在住。

早稲田大学法学部卒業。

本業は弁護士。それなのに法廷物を書いていないのは「現実を知りすぎて夢のある話にならないから」。

天秤座のAB型。

趣味は油絵を描くこと、俳句、ガールズヒップホップダンス、カラオケ、東北サファリパークにペンギンの出川さんに会いに行くこと、大分県温泉巡り。

残念《ざんねん》ながら俺《おれ》は嘘《うそ》つきだよ

2021年12月1日　第1刷発行

著　者　　二本松海奈
発行人　　久保田貴幸

発行元　　株式会社 幻冬舎メディアコンサルティング
〒151-0051　東京都渋谷区千駄ヶ谷4-9-7
電話　03-5411-6440（編集）

発売元　　株式会社 幻冬舎
〒151-0051　東京都渋谷区千駄ヶ谷4-9-7
電話　03-5411-6222（営業）

印刷・製本　中央精版印刷株式会社
装　丁　　株式会社 幻冬舎デザインプロ

検印廃止

Printed in Japan
ISBN 978-4-344-93655-3 C0093
幻冬舎メディアコンサルティングHP
http://www.gentosha-mc.com/